中华先锋人物
故事汇

# "嫦娥"团队

## 月球探宝

CHANG'E TUANDUI
YUEQIU TANBAO

葛竞 著

党建读物出版社　接力出版社

# 图书在版编目（CIP）数据

"嫦娥"团队：月球探宝/葛竞著.—南宁：接力出版社；北京：党建读物出版社，2022.12
（中华人物故事汇. 中华先锋人物故事汇）
ISBN 978-7-5448-7902-6

Ⅰ.①嫦…　Ⅱ.①葛…　Ⅲ.①传记小说－中国－当代　Ⅳ.①I247.5

中国版本图书馆CIP数据核字（2022）第166250号

## "嫦娥"团队——月球探宝
葛　竞　著

责任编辑：楚亚男　刘　靖
责任校对：高　雅　王　蒙
装帧设计：严　冬　　美术编辑：高春雷
出版发行：党建读物出版社　接力出版社
地　　址：北京市西城区西长安街80号东楼（邮编：100815）
　　　　　广西南宁市园湖南路9号（邮编：530022）
网　　址：http://www.djcb71.com　　http://www.jielibj.com
电　　话：010－65547970/7621
经　　销：新华书店
印　　刷：北京科信印刷有限公司
2022年12月第1版　　2023年9月第2次印刷
787毫米×1092毫米　32开本　5.25印张　75千字
印数：20 001—35 000册　　定价：25.00元

**版权所有　侵权必究**

质量服务承诺：如发现缺页、错页、倒装等印装质量问题，可直接联系本社调换。
服务电话：010-65545440

# 目录

写给小读者的话 · · · · · · · · · · · · 1

"嫦娥"带来的礼物 · · · · · · · · · 1

人类这样走近月球 · · · · · · · · · · 9

探月"黄金铁三角" · · · · · · · · · 17

看不见的"风筝线" · · · · · · · · · 27

与众不同的"班主任" · · · · · · · 33

来自月球的拥抱 · · · · · · · · · · · · 41

中国第一幅全月图 · · · · · · · · · · 51

"请让我飞吧!" · · · · · · · · · · · · 57

"小仙子"与"战神"的相遇 · · · 61

| | |
|---|---|
| 软着陆的难题 | 71 |
| 成功"落月" | 77 |
| 穿着金铠甲的小"玉兔" | 83 |
| 奇妙的月球车 | 89 |
| 小"玉兔",快快醒来呀! | 97 |
| 宇宙中的"鹊桥" | 103 |
| 神秘的月球背面 | 107 |
| 坠落的火箭 | 115 |
| "胖五"飞天 | 123 |
| 探索月球宝藏 | 131 |
| 珍贵的月壤 | 141 |
| 探月之旅的未来 | 149 |

# 写给小读者的话

月亮,可以说是人类最熟悉的星球邻居了。

在晴朗的夜空中,遥挂天际的银色月亮总会带给人无限的想象。

"举杯邀明月,对影成三人。"它是中国诗人眼中可以在花间对酌、在夜色中共舞的伙伴。

"但愿人长久,千里共婵娟。"它是中国人表达思念之情的寄托,哪怕相隔千山万水,同一片月光总是照在你的肩上,落在我的心头。

"八月十五月儿圆呀,爷爷为我打月饼呀,月饼圆圆甜又香啊,一块月饼一片情啊。"质朴的童谣,香甜的月饼,也表达出自古以来中国人对月亮的向往与崇拜。

用天文望远镜观察，你会惊讶地发现，月亮上竟然也有山脉和峡谷，有平原和"海洋"！当然，你慢慢会知道，月亮上明亮的部分叫月陆，阴暗的区域是平原和盆地，叫月海，但其实呢，"海"里面一滴水也没有。

在月亮上有一座座圆圆的环形山，其中有不少是以中国人的名字命名的！比如万户环形山、祖冲之环形山、毕昇环形山、蔡伦环形山、张衡环形山、郭守敬环形山……月球上还有一些与中国地名遥相呼应的地点，像泰山、华山、衡山。想象一下，有一天我们也可以到月球上去旅行，能够登上这里的泰山，在山巅"会当凌绝顶，一览众山小"，去饱览神奇的月球景色，是不是一种非常奇妙的感受呢？

提到月亮，中国人总会想起嫦娥、玉兔和广寒宫。

广寒宫是中国古代神话传说中月亮上的宫殿，也是仙女嫦娥奔月后居住的地方。

这本来只是美丽的神话传说，但现在，中国人却把它变成了现实！月亮上真的有了"广寒宫"，那是"嫦娥3号"探测器着陆的地方。

中国人的"嫦娥"也一次又一次地前往月亮，不仅为地球上的人们展示了月球奇妙的景象，还带回了来自这个神秘星球的礼物。

二〇〇七年十月二十四日，我国首颗绕月人造卫星"嫦娥1号"发射升空，并按预定轨迹实现航天器的绕月飞行。

二〇一三年十二月十四日，"嫦娥3号"在月球软着陆，还带去了可爱的"玉兔号"月球车，进行月球表面勘测。

二〇一九年一月三日，跟随"嫦娥4号"展开太空之旅的"玉兔二号"登上月球，首次为人类拍到了月球背面的景象。

二〇二〇年十二月十七日，"嫦娥5号"为地球带来了来自月球的最特别的礼物——珍稀的月壤！

"嫦娥工程"不仅让全体中国人感受到了鼓舞人心的无限正能量，一步步实现中国人的九天揽月之梦，也震撼了整个世界，让全球航天人把钦佩与崇敬的目光投向了中国，为人类和平开发月球迈出了新的一步。

在这个过程中，有着怎样一个充满梦想光辉，闪耀着中国人精神光彩的励志故事呢？

让我慢慢讲给你听吧。

# "嫦娥"带来的礼物

二〇二〇年十二月十七日凌晨,夜色中,辽阔的内蒙古四子王旗草原万籁俱寂。

在草原深处,那长明的灯火却在静默中蕴含着对无垠宇宙的热切向往,像一座金色的灯塔,等候着远行的游子,指引他们安然返家。

这里,就是"嫦娥5号"月球探测器返回故乡的"港口"。

在这个注定不平凡的凌晨,在返回器回收搜救指挥所,无数人同时屏住了呼吸。人群之中,一位八十岁的老人正抬头注视着大屏幕,他看得那样专注、执着。

草原环境寒冷干燥,对老年人的身体是个考

验，出发前，很多人都曾劝他留在北京等候消息，但他却说："我一定来，我是来接'嫦娥'回家的。"

这位老人就是中国工程院院士、国家航天局原局长、中国探月工程首任总指挥、中国载人航天工程原副总指挥栾恩杰。

"嫦娥5号"探月工程，被誉为我国探月工程"绕、落、回"三步走计划的收官之作，在此之前，"嫦娥5号"月球探测器刚刚出色完成了月面采样、月轨对接等高难度任务。

多年鞠躬尽瘁，挑灯到深夜，一代代中国航天人持续接力，终于在今日，在"嫦娥5号"逐月之旅的最后一程彻底圆梦。

"各方注意，'嫦娥5号'探测器月面采样工作顺利结束！"

"接下来执行下一任务！"

当指令声清晰传来的时候，操作间内所有人的表情都瞬间紧绷起来，他们知道，那关键性的时刻就要到了："嫦娥5号"要进行一次全新的挑战！

在人类航天史上，所有的无人探测器都是从月面点火后直接飞回地球，这种方案虽然会限制运送样品的重量，但相对比较安全。然而这一次，"嫦娥5号"却独创了一种前所未有的方案——在距离地球三十八万公里的太空，实施"嫦娥5号"上升器与轨道器、返回器组合体的无人交会对接。

"嫦娥5号"探测器系统副总指挥张玉花紧紧攥住手中的对讲机，面色十分凝重。

作为对接任务的主要领头人，她深知这场对接的关键性意义，每一处操作难点，每一个不容忽视的技术卡口，她早在心里过了无数遍。早在"嫦娥5号"出发之前，为了确保对接顺利完成，张玉花就带领着团队，在地面进行了数千次模拟试验。

此刻的大屏幕上，"嫦娥5号"上升器和轨返组合体正逐渐靠近，人们凝神专注，紧紧盯着大屏幕，分秒不差地大声报备着：

"位置已确认！""校正完毕！"

"迅速开始核查！""执行对接！"

一秒捕获，十秒校正，十秒锁紧，一气呵成！短短的二十一秒内，人类航天史上首次地外无人交会对接顺利完成，但在场大多数人并没有放松，仍

旧全神贯注地伏身在工作台前,等待着指挥员的下一句指令:"各方注意,准备执行样品转移!"

"嫦娥5号"轨返组合体与上升器顺利对接,但二者之间仍然存有六百二十六毫米的距离,而只有跨过这关键的距离,月球样品才能够成功进入返回器中,最终返回地球。

六百二十六毫米,有多远呢?

对于一个成年人来说,这只是短短一步的距离。

但在浩瀚宇宙中,每一"步"都要用严密的技术去守护,必须分毫不差,这是一项具有巨大挑战的任务!

在此之前,为了这份来自月球的礼物,"嫦娥5号"跨越了三十多万公里,历经了十二天不舍昼夜的全力拼搏,完成了环环相扣的多个高难度动作,才来到了样品转移这关键一步。

历经千辛万苦才得到的月壤样品,稍有差池就会永久失落在茫茫太空中,这至关重要的六百二十六毫米,绝不能出现任何差错!

指挥员最后确认了一遍时间,再次深吸一口

气,沉声道:"样品转移开始!"

随着一声令下,多台精密仪器瞬间投入到紧张而有序的工作中。

如果太空之中有人能靠近细看,就会发现"嫦娥5号"的连杆转移机构是多么有趣:为了尽量安全地转移样品罐,它惟妙惟肖地模仿着"毛毛虫"的运动方式,一伸一缩地向前移动,连杆上的棘爪抓住样品罐上的棘齿,一点儿一点儿地把样品罐转移过来。

六百毫米……

三百毫米……

一百毫米……

"样品罐准确落入,样品转移成功!"

随着一声指令确认,人们悬着的心终于落下。

从五时四十二分交会对接完成,到六时十二分样品转移成功,全程不过三十分钟,许多人却已经汗湿了衣衫。

当热烈的掌声一浪接着一浪蔓延开时,指挥员终于长长地吐出一口气,稳住微微发颤的声音说:

"返回器点火!'嫦娥5号'开始返航!"

此时的四子王旗草原上，夜色恬静。

栾恩杰紧紧盯着漆黑的夜空，一双历经沧桑的眼眸，不肯放过任何一处细节。

地月之间的三十多万公里，他熟悉这段路程，就像一位殷切的老父亲，守望着初次远航归来的儿女。他忐忑不安，他满怀激动，但他知道，"嫦娥5号"必须靠自己找到回家的路。

穿过大气层，进入黑障区！

黑障区是什么呢？这是航天器返回大气层后无线电信号中断的飞行区段。当返回地球的航天器以高速进入大气层时，由于摩擦产生的高温形成等离子体，信号传输会中断。换句话说，这是一段需要"嫦娥5号"独自走完的旅程，地球上的伙伴们只能默默地为她鼓劲加油。就像爸爸妈妈带着关切与期待，面对第一次学走路的孩子，他们必须下定决心，松开自己的双手，让孩子学会独立。

当距离预定的时间点越来越近时，许多人忍不住捏了把汗。

突然，漆黑的屏幕上出现了一抹亮光，栾恩杰睁大了双眼。

"是'嫦娥5号'！报告！发现'嫦娥5号'！"

栾恩杰看着那个逐渐清晰的光点，一瞬间洗去了所有的疲惫。光点越来越亮，仿佛裹挟着一股炽热的情感，像个刚从月亮上做客归来，如今满载而归的孩子，一心一意地朝着四子王旗的方向急速飞驰。

"待到四子王旗会，工程大计好收官。"这是很多年前，栾恩杰为中国探月工程写下的诗句。

那时候的他是否就畅想过今日的光景？

# 人类这样走近月球

从二〇〇四年中国探月工程正式立项，到二〇二〇年"嫦娥5号"取样成功，十六年如白驹过隙，岁月流转，探月工程带着远大的目标，迈着坚实的脚步一步步走了过来，没有辜负人们的期待与热望，时间是人们努力与奋斗最好的见证人。

人类是如何一步步走近月球的呢？

一六〇九年，意大利天文学家伽利略通过一台当时世界上最先进的望远镜看到了月亮上的山谷——那是人类历史上第一次借助科学的力量较为清晰地看到真实的月亮。

一九三五年，苏联科学家、现代火箭理论奠基人齐奥尔科夫斯基去世，他的墓志铭这样写道：

"地球是人类的摇篮，但是人类不能永远居住在摇篮里，他们会小心翼翼地冲破大气层，然后去征服整个太阳系。"

一九五九年一月二日，"月球1号"成功升空，这个苏联成功发射的星际探测器，是人类第一个空间探测器。"月球1号"测量了月球磁场、宇宙射线等数据，这是人类首个抵达月球附近的探测器。

一九六八年十二月二十一日，美国发射了"阿波罗8号"，这是世界上第一艘绕月飞行的载人飞船。

一九六九年七月二十日，"阿波罗11号"登月舱在月球上降落。

在这些航天大国的月球计划逐步进阶的时候，中国的航天之路才刚刚起步。

一九七八年，美国赠送给中国一份特殊的礼物——一克从月球上带回来的岩石样品。为了尽快对样品做出翔实严密的分析，国家迅速组织起一支顶尖的科研队伍，中国月球探测工程首任首席科学家欧阳自远就是当时月球岩石研究团队的主要成员之一。

回忆起那段经历，欧阳自远说道："那是一块装在有机玻璃里的小石头，用放大镜看像大拇指一样大，但实际只有黄豆一般大小。"为了尽可能保存这来之不易的样品，欧阳自远和队伍只取了其中的零点五克样品做研究。

"我们花了大概三到四个月，用这零点五克样品，发表了十四篇科学论文，最终知道了它是什么石头、什么结构。"

"小时不识月，呼作白玉盘。又疑瑶台镜，飞在青云端。"

青云端外有太阳系，白玉盘上有月环山。月球形成于何时？它之上有没有生命存在？

在研究月球岩石的过程中，一个念头从欧阳自远脑海中冒了出来。我们该到月亮上去看看！我们能吗？

同一时间，许多中国科学家生出这样的想法。

这声音仿佛一颗充满希望的种子，在心底落地，悄悄地发芽。它强有力地生长起来，逐渐长大。

我们应该到月球上去看看！

向着太空！向着光年之外！向着遥远而浩瀚的宇宙！带着中国人的雄心壮志，带着祖国的梦想与光荣，向着我们不可限量的未来勇往直前！

一九九一年，我国航天专家提出开展月球探测工程。一九九四年，专家组通过了欧阳自远提出的探月报告。二〇〇四年农历大年初二，无数航天人盼望多年的喜讯终于传来：中国探月工程获得批准立项。

十年弹指一挥间，二〇〇四年，欧阳自远六十九岁，他的搭档——国家航天局局长栾恩杰也已经六十四岁了。在新年隆隆的礼炮声中，栾恩杰伏案写下一首绝句：

地球耕耘六万载，
嫦娥思乡五千年。
残壁遗训催思奋，
虚度花甲无滋味。

二〇〇四年二月二十五日，绕月探测工程领导小组第一次会议召开，会议通过《绕月探测工程研制总要求》，同时给整体工程起了一个充满中国人特有的浪漫情怀的名字——嫦娥，国家将投资约十四亿元人民币，计划在二〇〇八年以前发射第一颗围绕月球飞行的人造卫星"嫦娥1号"。

一切曾经无比遥远的美丽畅想，如今终于生机勃勃地跃然纸上。

然而我国那时的航天技术，用栾恩杰的话说就是，虽然具备了初步的基础，但是离真正去月球还很远。

月亮，那是我们中国人将要去探访的月亮，古往今来，世事变幻，活在唐诗里的月亮、传说里的月亮，进入了中国人探索宇宙的计划之中。许多黑夜，许多白天，欧阳自远带领着团队在不停地思考和探索。

他说，因为我们去得晚，所以我们一定要做得比前人好，总要有几样东西是别人没做过的，而且是有重大意义的。最终，在多方论证研讨之下，我国探月工程正式定下"绕月探测、落月探测和取样返回"三步走策略。

但实际上他们比谁都要清楚，三步走中的每一步，都是成千上万步的累积，因为从中国航天迈出的第一步起，做火箭、做卫星、做月球车，我们无法得到来自发达国家的任何帮助，甚至连一个基础的元器件都买不到，中国航天人面前只有一条路——自力更生。

探月工程的自力更生，是在一片空白的领域打拼摸索，在荒漠中开第一条路，在长夜里点第一盏灯。忘记前路艰难，忘记时间的流逝，只记得那个前进与奋斗的方向。

多年后再接受采访时，栾恩杰说："航天局的局徽两旁是地球，同时有两个麦穗，你可以数数，那个麦穗是二十一片，我们指的是中国航天走向二十一世纪，要走出三个宇宙速度，走出地球，走出太阳系。"

"所以我们一定要到那里去，就算是扔一个铁块子、铁砣子，也一定要去。"

在无数航天人夜以继日的努力下，二〇〇七年，探月工程的"先锋官""嫦娥1号"在西昌卫星发射中心发射成功。

二〇一〇年，"嫦娥2号"发射成功，进入

轨道。

二〇一三年，"嫦娥3号"在旅行过程中带上了可爱的月球车，月球车的名字叫作"玉兔"，而"嫦娥3号"在月球上的着陆区被命名为"广寒宫"。

二〇一八年，"嫦娥4号"探测器从地球启程。

二〇二〇年，"嫦娥5号"探测器在万众瞩目的文昌航天发射场，在长征5号遥五运载火箭的巨大轰鸣声中，飞向那既遥远又亲切、既熟悉又陌生的月亮。

二〇二〇年十二月十七日凌晨两点多，已经圆满完成任务、顺利返回地球的"嫦娥5号"返回器被搜救队员发现。

在队伍抵达前，一只草原上的小狐狸出现在返回器的现场画面中。

它是地球上第一个发现"嫦娥5号"返回器的小生灵，在红外摄像中，它先是疑惑地停下来，又抖了抖耳朵，歪着头，好奇地打量着眼前的庞然大物。

它不知道在摄像仪的另一头，多少人正因为眼前的一幕振臂高呼,更不知道"嫦娥5号"并非天外来客,而是步履匆匆回乡的人,风尘仆仆,带着来自月亮的礼物。

此刻,中国航天人可以骄傲地宣布:中国探月工程"嫦娥5号"任务圆满成功!

"嫦娥5号"的平安返回,标志着中国探月工程"绕、落、回"三步走任务的全面收官,它是一次圆满的落幕,更是一次漂亮的开场。

中国人的浪漫情怀总是建立在脚踏实地、艰苦奋斗的基础上。

中国人的远大梦想总是行走在自力更生、勇于攀登的道路上。

月球是不发光的,是梦想让它有了光。

# 探月"黄金铁三角"

一九五九年九月十二日,苏联发射了人类第一个到达月球的无人探测器——"月球2号",这个向着无限深空进发的第一个"地球流浪者",终于真正离开那蔚蓝色的摇篮,抚触到地球之外的星球世界。

九月十四日,"月球2号"撞击在月球表面。这个静谧而皎洁的美丽天体,在宇宙中寂寞旋转了数亿年后,终于第一次被轻轻叩响。

很快,美国时任总统肯尼迪提出,要在十年之内将美国人送上月球。美、苏两个超级大国之间有关逐月的无声竞速,宣告着人类探索宇宙空间时代的正式到来。

从一九六八年到一九七二年，美国成功完成六次载人登月飞行任务，先后顺利将十二名宇航员送上了月球。

一九六九年七月二十日，当美国"阿波罗11号"载人飞船载着三名宇航员来到月球时，一贯被死死封闭的舱门第一次打开了。宇航员阿姆斯特朗向着空茫寂静的月球，投去了属于人类的第一眼。

怀着满心的激动和难以遏制的狂喜，他扶着登月舱的梯子走下来，留下了属于天外来客的第一个脚印。对一个人来说，这不过是小小的一步，但对于全人类来说，却是一次巨大的飞跃。

"阿波罗11号"宇航员对月球的成功访问，将人类航天史上第一股探月热潮推向了顶峰。以此为契机，日本和欧洲航天局也陆续加入了这场探月之旅，并先后发射了"缪斯-A""月亮女神"等月球探测器。

就在"阿波罗11号"飞船成功抵达月球的前一年，也就是一九六八年二月二十日，中国空间技术研究院正式成立。

当然，这一切并没有在国际社会引起多大的波澜。在各国熙熙攘攘的探月大军中，中国刚刚建立起的航天队伍显得格外单薄，像一名稚拙的小学生突然挤进了高谈阔论的学者群中。当发达国家的科研人员正热火朝天地计划着月球和火星研究勘测时，我们国内科学家的主要研究方向还是如何让人民吃饱饭，尽快建立起工业化的基础。

对于月亮和地球之外的世界，除了遥远，我们一无所知。

改变这一切的，是"东方红1号"人造地球卫星。

早在一九五一年，为了培养我们自己的高级技术人才，国家选送了三十多名优秀学子前往苏联茹科夫斯基空军工程学院深造，这些学生中有一个来自辽宁的年轻小伙子，他的名字叫作孙家栋。

孙家栋是中国第一颗人造地球卫星、第一颗遥感探测卫星、第一颗返回式卫星的总设计师，中国通信卫星、北斗导航卫星等第二代应用卫星工程的总设计师，他是业内公认的中国"卫星之父"，曾经获得"共和国勋章"、国家最高科学技术奖、"两弹一星"功勋奖章。

很多年后，这个名字总与许多荣誉、功勋连接在一起，闪闪发光地出现在人们面前，而他本人在航天领域的赫赫功绩亦被载入史册。

但当时，孙家栋和身边的年轻同学一样，刚刚走出国门，单纯、热烈、好奇、勇敢。

一九五七年，毛泽东来到莫斯科接见中国留学生，并发表了那场著名的演讲："世界是你们的，也是我们的，但是归根结底是你们的。你们青年人朝气蓬勃，正在兴旺时期，好像早晨八九点钟的太阳。希望寄托在你们身上。"

当浪潮般一阵接着一阵的掌声在礼堂回响时，孙家栋和无数年轻的学子一样心潮起伏。在离开祖国千百个日夜后，强烈的思乡之情与科技兴国的愿望再次汹涌地将他包裹。

一九六七年，在钱学森的推荐下，三十八岁的孙家栋成为中国第一颗人造地球卫星"东方红1号"的技术总负责人。那时候，"东方红1号"的主要数据计算靠的是手摇计算机，有时候一条简单的轨道数据，都要大批科研人员算上足足一年。

在回忆那段经历时，孙家栋很坦然地表示，我们没上过天，不知道天上是什么情况，甚至不知道至关重要的运载火箭是什么，只能边干边学。

除了技术上的难关，还有生活物资上的匮乏。那时候，国家经济还在缓慢恢复，科研经费每一分都要数着花，一线的工作人员从没想过要什么待遇，因为更多时候，他们连吃饱饭都很不容易。为了尽量改善大家的伙食，时任国务院副总理聂荣臻同志想办法去部队征集黄豆。有几次运气好，恰好赶上部队打来黄羊，一年中难得有这样改善伙食的时候，但当羊肉真正发下来，才发现根本不够，于是元帅就说，给技术人员分，政工人员谁也不要动。

可尽管如此，一线人员的日子还是过得紧巴巴。在最困难的时候，不少人饥肠辘辘地工作到深夜，只能找个碗倒点白水，加些酱油，泡点葱丝来充饥。

就是这样一群人，在连肚子都没法儿填饱的年代里，他们的眼睛却始终望向苍穹，向往着天外的世界。

也许有人会问：国家花这么多钱搞卫星的意义

究竟在哪儿？

面对质疑，孙家栋解释，中国最初的那一批航天人，出生在旧社会，那时候，汽车还叫洋车，火柴叫作洋火，大街上叫卖的一切新鲜漂亮的东西，好像都甩不开一个"洋"字。只有刚刚起步的中国航天事业，尽管还稚嫩，尽管看上去距离最终目标还很遥远，但它切切实实是属于我们中国人的。

一九七〇年四月二十四日，在我国酒泉卫星发射中心，巨大的轰鸣声响彻苍穹。火光中，"东方红1号"无愧于它的名字，如一朵绚烂流云，掀起滚滚烟尘，直冲霄汉，以排山倒海、雷霆万钧之势，立起中国航天事业的第一座里程碑。

"东方红1号"卫星是一座丰碑，更是一种可能。它代表着中国或许已经拥有了同当年的美国和苏联一样的力量，能够将我们自己的航天器送入深空。

一九九四年，中国月球探测工程首任首席科学家、天体化学与地球化学家欧阳自远点燃了这个可能。

一九三五年，欧阳自远出生在江西的一个医药世家。十七岁那年，他以优异的成绩考入了北京地质学院（现中国地质大学），当时，举国上下刚刚掀起一股学习苏联的热潮，计划在未来几十年建立起一个强大的工业化国家。

当时，高校毕业的学生中也流传着这样的口号："年轻的学子们，你们要去唤醒沉睡的高山，让它们献出无尽的宝藏。"唤醒高山，就是挖掘山中的矿藏，这与欧阳自远的大学专业不谋而合。于是在大学毕业后，他开始一心一意投身于矿产开掘、矿石研究等工作中。

直到一九五七年，苏联第一颗人造地球卫星发射成功。消息传到中国时，这名年轻学子的内心仿佛瞬间被某道电光击中，倏然惊醒。他第一次意识到，目前国内的地质研究存在着怎样的局限性。

当我国搞地质的队伍还在地面上爬来爬去，苏联人的卫星已经高悬于天际，将地面所有参数计算得清清楚楚。

一股从未有过的冲动，在欧阳自远的胸膛中起伏。中国人的深空时代何日才能来到？中国人是否也能够凭借自己的力量去探访月球？

我们有沃土千里，人民关心粮食和蔬菜，却还没有抬头注视天空，也没有去思考即将到来的世界航天时代。

渐渐地，欧阳自远的研究方向有了一些微妙的改变。他开始从传统地质研究，转向研究天外陨石。

我们国家的航天学者是在一九九一年整体提出开展月球探测工程的，但实际上，他们早在几十年前，就默默准备着与月球相关的研究。

欧阳自远说："我得不到月亮的，得不到火星的，搞不起得不到这些东西，但是天上会掉下东西来。"他开始默默地准备着，三十多年里，他研究过无数形态各异的石头，揣摩着陌生而遥远的月亮。

二〇〇三年，欧阳自远等人正式提交了中国首份月球探测立项报告。二〇〇四年一月二十三日，经由时任国务院总理温家宝批准，中国探月工程正式立项。

欧阳自远被任命为中国月球探测工程首任首席科学家，总指挥则被确定为当时的国家航天局局长栾恩杰。

如果说总指挥是探月工程的统筹者，那么首席科学家就是推动工程顺利实施，在前进道路的关键点做出正确选择的思考者。而现在，他们还需要一位重要搭档——探月工程总设计师，也就是那个执行者，负责将飞船、火箭送上太空，带领科研队伍攻克一系列技术难关的人。

在当时，国家航天局最远的卫星轨道距离地球有三万六千公里，而地球与月亮之间，却隔着三十多万公里的天堑。

执行者的能力与魄力，决定着整个探月工程究竟是切实可行还是成为一道幻影。

欧阳自远和栾恩杰同时想到了一个人。如果是他，那么一定可以！

七十五岁高龄的孙家栋再度披挂上阵，成为"嫦娥工程"的总设计师。

实际上，在接受正式任命前，很多人都曾旁敲侧击地劝过他，"嫦娥工程"前路未知，风险极大，万一失败了，将会给他半生辉煌的航天事业成就蒙上阴影。但孙家栋却说："国家需要，我就去做。"他的神情一如既往地平静和坚毅，然而在接受任命时，他的手指、挺直宽阔的肩膀却忍不住微微颤抖。

就像很多年前，在莫斯科的大礼堂里，在潮水般的掌声与欢呼声中他所感受到的——

世界是我们的，二十一世纪的中国，这颗八九点钟炙热的太阳，如今终于可以自由地追逐属于我们的月亮。

孙家栋的加入，宣告着我国探月工程第一代"黄金铁三角"的正式组成，这时候，他们中最年轻的栾恩杰也已经六十四岁。时光匆匆过，风霜磨砺，却难改初心。关于那些有关星月的畅想，他们常常聊到深夜，说到兴奋处，默契地会心一笑，谈到关键点，也全情投入地讨论。岁月改变了他们的性情和容貌，但那种永不熄灭的追梦精神、报效祖国的雄心、对航天科技的专注与热情，却在一代代航天人的心里茁壮生长。

"嫦娥工程""绕、落、回"三步走计划即将展开，瑰丽的探月之梦正在酝酿，勇敢的宇宙之旅将从这里起航。

# 看不见的"风筝线"

二〇〇四年九月,距离"嫦娥工程"正式立项已经过去了大半年的时间,在总设计师孙家栋、总指挥栾恩杰、首席科学家欧阳自远等人的多方努力之下,一支朝气蓬勃的中国探月科研团队终于组建起来!

这支队伍有不少优势:主力队员靠谱,名家坐镇,大家团结一心,可以集中力量办大事!但劣势也很明显:时间紧任务重,物资匮乏,理论方面比较落后,前沿技术两眼一抹黑。

二〇〇四年十一月十九日,"嫦娥1号"开始研制。

探月工程组的成员虽然没有把各种困难挂在嘴

上，但在这一时期，他们难免眉头紧皱，心事重重。搞卫星不像种白菜，只要多下几回地，慢慢就能自己找到诀窍。航天需要高、精、尖的技术支持。现在，整支队伍一没有经验参考，二没有理论支撑，想让"嫦娥"飞天，可不是比"登天"还要难嘛！

作为月球探测一期工程的总设计师，孙家栋当然清楚大家内心的想法。

当年研发"东方红2号"卫星时，他也曾多次发出类似的感慨："要是能想办法跟那些已经成功探月的发达国家学些经验技术就好了，再不济，从他们那里购入一些最新的测算仪器也行啊！哪怕是些星星点点的碎片，总比没头没脑地摸索上天要强多了。"

然而，多年在卫星研发领域的摸爬滚打，教会了孙家栋一个简单的道理：尖端行业的"卡脖子"技术是买不来的，在这个各国都日益重视航天事业发展的时期，我们必须放弃依赖心理，凭借自己的力量，蹚出一条属于中国航天的专属道路来。

这就像你在学校里想当优秀生，没法从别人那里讨来晋级秘诀，只能自己埋头努力，找到前进的方向。

"嫦娥1号"的计划目标就像中国人惯有的含蓄和彬彬有礼，它并不着急落到月面上，而是不急不缓地计划实现"探月三部曲"中的第一步——绕月。

而实现"绕月"可以简单划分为三步走：

第一步，"嫦娥1号"顺利发射；

第二步，"嫦娥1号"成功抵达距离月球约二百公里的近月轨道；

第三步，"嫦娥1号"顺利被月球捕获，开始规律地绕其飞行。

有了"东方红2号"的技术打底，孙家栋并不担心"嫦娥1号"的发射问题，但他很快便意识到，整个探月工程最难啃的一块硬骨头，就是卫星到达近月轨道后，该如何顺利实现绕月飞行。

这是相当关键的一环，因为地面的科研人员必须事先判断好"嫦娥1号"到达指定轨道时的状态，如果速度太快将会冲出轨道，速度太慢则可能根本无法抵达。同时，地面测控系统还需要确保

"嫦娥1号"能够正常接收指令，包括变轨、调整航天器姿态等。

如果将"嫦娥1号"比作风筝，那么测控系统就是那个放风筝的人，而控制风筝的线绳则是由地面指挥中心发射的电磁波。这是一条看不到却至关重要的"风筝线"。

在"嫦娥1号"之前，我国卫星的测控系统只操纵过近地轨道的飞行器，可一旦到了未知的宇宙中，这一切就大不相同了。

要使电磁波信号穿透地月之间三十八万公里的空间，不仅要防止太空环境可能存在的干扰，更要精准屏蔽掉人类社会产生的各类电磁噪声，这实在是一个让人头疼的问题。风筝没有线，该怎么飞起来呀？

总指挥栾恩杰曾回忆说："地面最高的卫星是三点六万公里，但月球离地球三十八万公里，'嫦娥1号'的信号传到地球时将会以百倍的速度衰减。当时天线能量提高不了，地面就不能预演，工程进行了一年多，实在做不下去了。"

难度如此之高，但绝对不会有人提出放弃。

为了应对信号衰减的问题，北京航天指挥中心的工作人员尝试了三十多种传输、编码的方式，方案一共做了二十多个，加起来有五千多页！摞起来足有半米高！

办法终于找到了！中国人民解放军某部在青岛和新疆分别建造了两个直径约十八米的大天线，大大提升了性能，测控系统终于能实现对"嫦娥1号"的跟踪和测量了。

# 与众不同的"班主任"

在"嫦娥1号"的研发过程中,类似的困难、波折数不胜数。

孙家栋早已习惯了身兼数职,他是整个队伍无微不至的大家长,关心大家的身体和生活,到了紧抓工程进展时,他又成了督促孩子们交作业的"班主任"。

说起"孙老师"当年催作业的样子,很多人都忍不住微笑。探月工程一期地面应用系统测轨分系统总指挥洪晓瑜说:"当时总设计师孙家栋院士到我们这边蹲点,早上四五点钟,他就拿一个小凳子在门口等,坐在那里看我们弄。"

一个年逾花甲的中国科学院院士,国家"两弹一星"功勋奖章获得者，身上有那么多金灿灿的荣誉，当他坐在小凳子上等着验收作业时，科研组的全体工作人员不得不打起十二分的精神，每天全神贯注地投入到工作中去。

不仅是孙家栋，"嫦娥1号""黄金铁三角"中的另外两位对待工作也同样严格。作为探月工程的首席科学家，欧阳自远很早便提出："我有一个要求，别人已经做过的基础性科学探测项目，我们也得做到，而且我们要比他们做得更好。中国的每一次月球探测，都要有几项别人没有做过的、创新型的重大科学探测任务。"

很快，欧阳自远进一步提出了"嫦娥1号"的三大任务：

一是对月球表面进行拍摄，形成完整的月球表面三维立体影像；二是分析月球表面有用元素的含量和物质类型的分布特点；三是探测月壤特性。

这三项任务乍看上去挺简单，可懂行的人一听就知道，背后要做的准备工作是多么复杂。

先说月面图吧，其实绘制月面图是人类探月的老传统了，人们总想描绘出月亮的真实样貌。

早在一六〇九年，英国天文学家托马斯·哈里奥特就通过望远镜绘制了人类历史上第一幅月球表面素描图。美国航天器也曾通过拍摄形成过立体月面图，但由于日照角度过低，月球的两极始终无法被拍摄成像，使得许多航天学者深以为憾。

欧阳自远下定决心要消除这一遗憾。他说，虽然我们去得晚，但我们一定比前人做得好，我们一定要靠自己找出前人没有做过的事，把它完成得更好。

身为天体化学与地球化学家，欧阳自远清楚，一旦通过"嫦娥1号"的拍摄成功获得月球表面的立体影像，我们的科研人员就能更加深入地探索月面的地形地貌，这不仅有助于我国研究月球地质构造的演化，还能够为"嫦娥"系列其他探测器的航行提供更加丰富的地理资料，规避将来正式登月时可能出现的风险。

豪言已放，"嫦娥1号"又该怎样攻克这一技术难题呢？

在科研人员的多番试验与苦心研究下，一个全新的设想被提出：我们可以用激光高度计和立体相机组成"嫦娥1号"的拍摄器,当拍摄器随着"嫦娥1号"绕月运转时,每隔一秒就能够发射一束激光,计算出月球表面每一个探测点的海拔高度(月球海拔基准面是根据月球平均半径计算得到的),这些海拔的数值与立体相机拍摄的图像叠加,就能够顺利生成一幅完整而精确的立体月面图。

除此之外,"嫦娥1号"还能够利用成像光谱仪,测定月球表面的矿物含量与分布情况,并利用高能粒子探测器和太阳风探测器勘测地月之间的太空环境,研究太阳活动对此产生的影响。

"嫦娥1号"的研发过程,比很多人想象中的都更加艰难、漫长。从论证阶段、方案阶段、工程研制阶段到使用改进阶段,每一个节点都要面对新的问题与新的讨论课题。

在总指挥栾恩杰的办公室里,始终保存着十几本探月工程的工作笔记,里面详细记述了整个工程从前期论证到正式施行的每一个关键细节。

二〇〇四年探月工程正式立项后,将近三年的时间里,栾恩杰几乎跑遍了每一个曾参与工程推进的科研所,一遍遍核算着每一个关键数据,由于不会使用电脑,三年里他按坏了六个计算器,执着得令人心惊。

所有人都坚信,"嫦娥工程"的成功,一定会成为继人造地球卫星、载人航天之后,中国航天史上的第三座里程碑。

可通向这里程碑的路途究竟有多远?没人知道。过程有多长?也没人去想。他们牢牢记住的只有一点:在这样一段从未有中国人涉足的漫漫征程中,"嫦娥1号"是那至关重要的第一步,只要这第一步能走得好,走得稳,那么中国航天今后关于无人月球探测、载人登月、月球基地等的一系列宏伟、勇敢的设想,将不再是一纸空谈。

二〇〇七年三月,中国探月计划第一颗卫星"嫦娥1号"进入最后测试阶段。

那段时间,孙家栋养成了看月亮的习惯。有好几次,早上四五点钟,月亮还朦胧地睡在天上,老伴儿魏素萍迷迷糊糊地醒来,发现房间已经空了,四下里一片安静。她叫几声,却没人答应,急得大喊起来。

孙家栋的声音这才不紧不慢地从阳台那边传

来："你睡你的觉，不要大惊小怪。"

话虽这样说，可随着测试时间一点点逐渐拉长，他跑出去吹冷风、看月亮也越来越频繁，有时候在窗前一站就是好几个小时。魏素萍睡不踏实，只好也跟着起来，一会儿给他披衣服，一会儿又帮着搬椅子，一面折腾，一面又忍不住打趣："真有这么好看吗？看够了吗？看出名堂了吗？"

几十年来，他们携手共度了不知多少风风雨雨，她当然清楚孙家栋此刻内心是多么焦虑难挨。

这一年，他快八十岁了，是"黄金铁三角"中年纪最大的一个。他两鬓早已霜白，但步履坚定，同年龄的人里，哪个不是在家含饴弄孙、安享晚年？只有他们这一行人还奔走在探月工程的第一线，仿佛要用燃尽生命的热情实现这场逐月之梦。

这一年里，孙家栋十次进入发射场，在发射场指导了五次卫星发射任务，主持参加了近百个与航天有关的会议。魏素萍曾经半是埋怨、半是心疼地说："总是天天跑，穿皮鞋太累，我每年光布鞋就要给他买好几双。"

他就这样穿着一双又一双布鞋往返于各大城市

之间，去国际会展中心报告探月工程的最新进度，听取国内外各大尖端团队的科研讲座，也去一线的生产车间，询问和观察每一个对卫星运行来说至关重要的零部件。

很多人担心他的身体，可他却好像永远都不会感到疲惫，眼神总是那么清朗。即便过了很多年，经受了很多失败和无奈，他也永远像一个朝气蓬勃、内心明亮、充满热情的青年人。

二〇〇七年十月前，"嫦娥1号"各项产品的设计、研制、总装、测试和各项试验宣告完成。这意味着，最终的点火日，越来越近了。

在"嫦娥1号"起航前的十多天里，总指挥栾恩杰带领着团队进行了上百次精密的地面测试，并为"嫦娥1号"的任务可能面临的问题预备了八十多种应急方案。

一向从容不迫的欧阳自远也感到无比紧张。他说，那心情就好像"送孩子去上学"一样。

总重两千三百五十公斤的"嫦娥1号"探测器，显然是个准备充分、状态良好的大孩子。二〇〇七年十月二十四日，它携带着大批高精尖科学仪器，在西昌卫星发射中心闪亮登场。

"嫦娥1号"探测器已准备完毕，目标在三十八万公里外，准备出发！

# 来自月球的拥抱

七月流火,意味着夏末秋初,心宿西沉,天气逐渐凉爽起来。这时候,蝉鸣一声短过一声。

二〇〇七年秋天,我国首颗探月卫星"嫦娥1号"的发射日期被确定为十月二十四日。

为了确保发射过程的万无一失,"嫦娥1号"卫星的总设计师兼总指挥叶培建,带领着整个团队的工作人员,在最后的时间里反复进行了成百上千次测算核验。他们争分夺秒,日夜不休。

这是一支年轻的队伍,成员们的平均年龄甚至还不到三十岁。

这是一支传奇的队伍,在短短三年的时间里研制出中国首个月球无人探测器,创造了横亘在地月

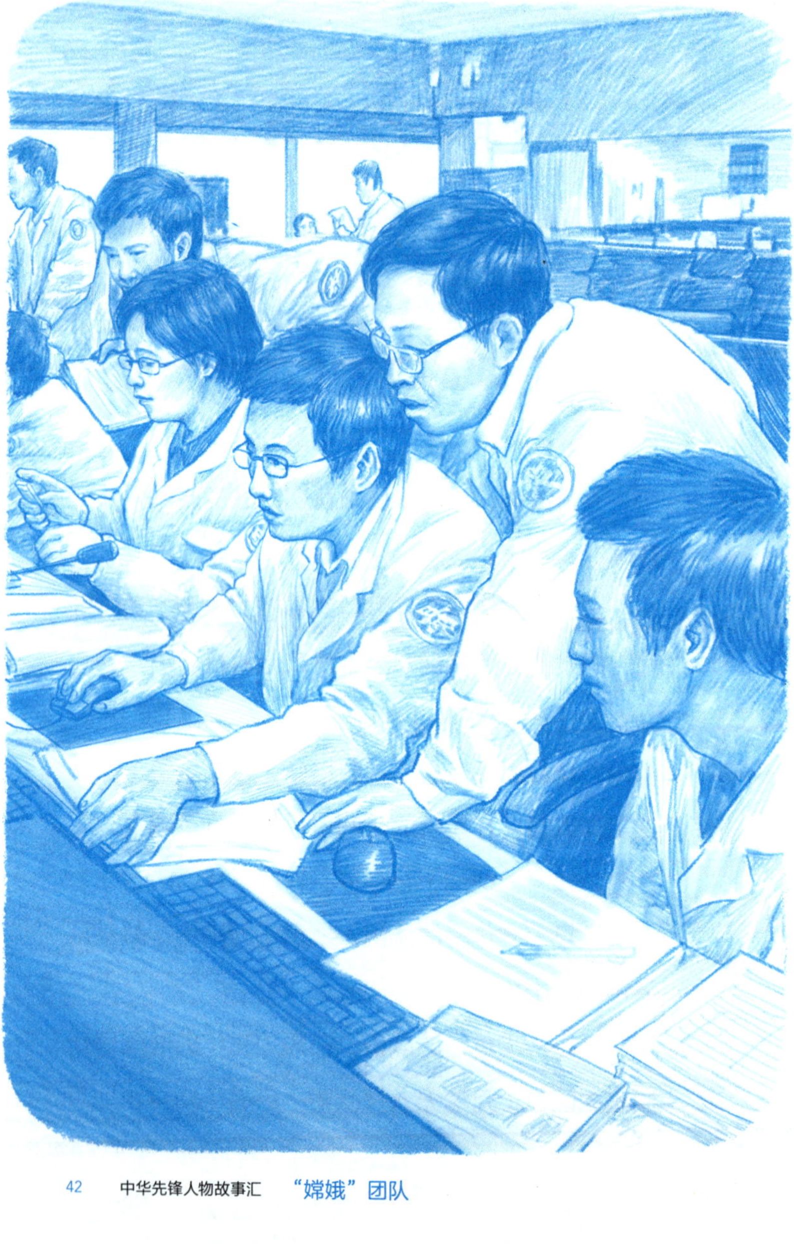

之间一场史诗般的奇迹。

这期间，每一场会议，每一次模拟，叶培建都用极端严苛的标准要求着自己和他人。他反复强调，在队伍中对任何看似平淡的环节都要"捕风捉影"，对任何微小的迹象都得"小题大做"。

一次卫星组装完成后，卫星总体副主任设计师陈向东提出，最好复查一遍发动机的安装情况，因为一个产品在经历两次以上的安装操作后，很容易产生极性错误。短暂的思考后，叶培建果断采纳了这个建议，众人再次排查时，果然发现两个单位对坐标的定义正好相差了一百八十度，如果像之前那样安装，就正好把推力掉转了个方向，后果将不堪设想。

二〇〇七年八月十七日，叶培建带领着八十二名试验队员从北京首都机场出发前往西昌。两天后，当装载着"嫦娥1号"的飞机抵达西昌卫星发射中心的厂房时，他挥笔写下了这样一首七言诗（节选）：

蓝天白云溪流湍，

厂房塔架掩青山，

协作楼旁射天弓，

嫦娥奔月在此间。

十月，当心心念念的卫星发射近在眼前时，叶培建的腰疾却突然复发，剧烈的疼痛使他几乎无法正常生活，但他还是坚持每天来到指挥中心工作。

同事们纷纷劝他，可劝到最后也没成功，只好半是玩笑半是感慨地说："以前在发射场只要叶总一腰疼，我们就一定能成功，看来这回，'嫦娥1号'也一定能成功！"

十月二十四日，西昌卫星发射中心，"嫦娥1号"即将发射升空。作为我国探访月球的首位信使，"嫦娥1号"搭载了八种二十四件科学探测仪器，包括微波探测仪系统、γ射线谱仪、激光高度计、太阳高能粒子探测器等。

除此之外，骨子里活泼又浪漫的探月科研队伍还精选了三十首歌曲，藏在了"嫦娥1号"的小小音箱里。这里面有我们耳熟能详的主旋律歌曲，如《歌唱祖国》《走进新时代》，更有应景又流传已久的经典乐曲，如《二泉映月》《半个月亮爬上来》。

被寄予厚望的"嫦娥1号"探测器能否顺利被月球捕获？西昌发射中心现场，叶培建与团队每位科研人员全神贯注地紧盯着大屏幕，不肯放过每一处细节。

栾恩杰、孙家栋、欧阳自远也在现场保驾护航。三位泰斗级的大佬看似沉静如山、岿然不动，实际内心也是紧张不已。

"十、九、八、七、六、五、四、三、二、一，点火！"

随着零号指挥员一声令下，"嫦娥1号"卫星搭乘着长征3号甲运载火箭，在熊熊烈焰的升腾下，直入苍穹。

它并非直奔月球而去，而是绕着地球转了三圈。在天外那耀目的闪光中，"嫦娥1号"越转越快，越转越快，直到把自己嗖的一下狠狠甩飞！

它飞得好快！迅疾又轻盈，揣着初生牛犊般的力量和勇气，一下疾冲到月球边上！

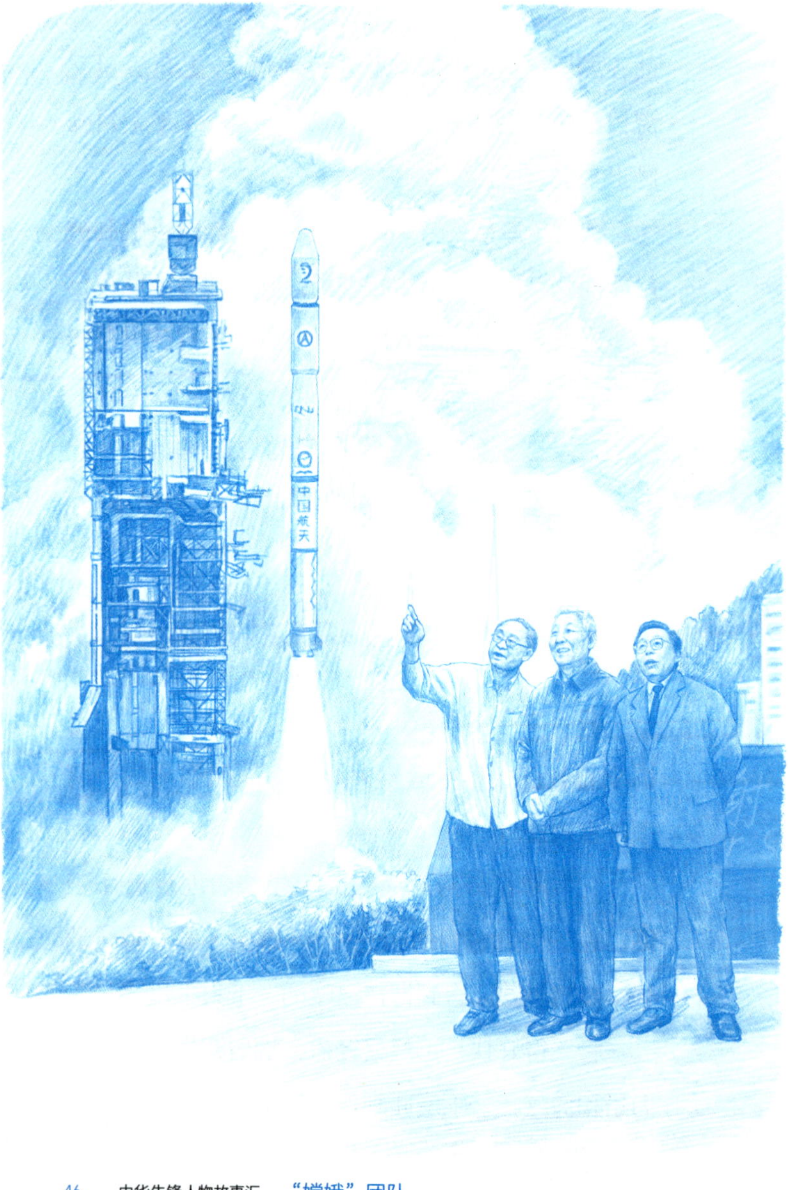
中国
航天

"抓住我！快抓住我呀！"

如果"嫦娥1号"能够说话，那么整个宇宙或许都能听到它此刻焦急的心声。

后来，在回忆这一时刻时，欧阳自远说："我心里简直怦怦跳，害怕呀！手心都冒汗哪。"

所有人都清楚，整个发射过程中，最危险也最关键的一步终于到了眼前——为了使"嫦娥1号"顺利被月球引力捕获，必须对其进行有效的"太空刹车"——近月制动。

但是，在最近五十年中，人类航天器"太空刹车"的成功率只有百分之五十。

"美国和苏联都在那个位置上失败过。你飞得快了一点儿，对不起，冲出去了，跑了。你飞得慢一点儿，撞上去了，砸了。所以你要恰到好处，注意距离、速度，而且要让月球把它抓住不让它跑了，绕着月球转圈飞。要达到这个目的，心里没底啊。"

最终，为了有效降低操控的风险，"嫦娥1号"全体科研组成员决定，采用三次"间断刹车"。

在此期间，随着"嫦娥1号"离地球越来越

远，它受到的地球引力不断减弱，而它受到的月球引力却不断加强。两名"舵手"轮番争夺着卫星的"驾驶权"，而"嫦娥1号"的航行轨迹也逐渐偏离了最初的椭圆形。

当它进入离月球约七万公里的范围时，地球引力几乎完全失去了作用。第一次近月制动，已经迫在眉睫。

相比于从地面出发时，"嫦娥1号"的飞行速度已经放缓了很多，但仍旧保持在每秒二点四公里的高速。

北京航天飞行控制中心（以下简称"北京飞控中心"）的科学家们，将反复计算的变轨控制参数注入卫星。为了确保万无一失，再从卫星上将上传上去的控制参数再次下载到地面控制中心，进行核对校正。

在一系列精密的操作下，"嫦娥1号"第一次近月制动获得成功！

经过了一个小时的平稳过渡后，"嫦娥1号"很快迎来了第二次近月制动。这一次，在更加平缓的操作下，卫星在一个椭圆形近月轨道平稳绕行了七圈，此时的这个运行轨道，已经十分接近"嫦娥1号"的最终绕月轨道。

十一月七日八点二十四分，第三次近月制动开始。当"嫦娥1号"终于抵达距离月表二百公里的轨道时，月球引力终于精准而温柔地将它环抱在怀中。

北京测控系统第一时间传回报告：我们的"嫦娥1号"被月球抓住了，现在正在绕月球飞！

最先听到这一消息的，是近旁的欧阳自远与孙家栋，但在当时，两位老人都有一瞬间的愣怔。

"真的抓住了吗？"

欧阳自远甚至提出："是不是再测一次？"孙家栋立刻同意了这项提议。

月球引力捕获探测器的过程，是最容易掉链子的。其他国家都容易在这里出问题，所以我们一定要再核查一次。

再次核查的时间显得无比漫长，而实际上，那不过是短短几分钟的事情。

几分钟后，测控岗位再次传来消息："报告！确实抓住了！现在已经成为椭圆轨道绕月飞行了！"

现场的欢呼声裹挟着热烈的掌声汹涌而至。

中央电视台的记者适时将镜头转了过来:"现在我们的'嫦娥1号'已经在绕月球飞了,我们想请探月工程的首席科学家欧阳自远先生谈谈感想。"

面向镜头,一向运筹帷幄、胸有成竹的欧阳自远沉默了片刻。

"老天啊,我什么感想?当时脑子里想的就是一幅图案——我们的'嫦娥1号'绕着月球在飞,一直在飞。就是这样一个图案。我都不知道要怎么回答。我就说:'绕起来了,绕起来了。'"他实在激动得有点手足无措,甚至没注意自己声音的哽咽。当孙家栋俯身轻拍他的肩膀时,两位年逾花甲的老人相拥而泣。

他们走过半生,几度鲜花着锦、荣誉满身,曾经以为自己已经足够从容看待世事,没想到会在这样的场合,在众目睽睽之下泣不成声。

发射虽已成功,前路还漫漫修远。

加油啊,"嫦娥1号"!

随着地面指挥中心的一声令下,这位勤劳的小仙子,开始了它兢兢业业的"太空上班"生涯。

# 中国第一幅全月图

二〇〇七年十一月二十日,"嫦娥1号"CCD立体相机在北京飞控中心的远程操作下正式开机工作。当立体相机的清晰度、成像角度及覆盖区域等所有参数由工作人员反复测量、核算生成后,当那些连绵的山脉和深浅不一的陨石坑逐一清晰地展露在众人眼前时,很多在场的专家都忍不住流下了激动的眼泪。

这张月面图的分辨率达到了一百二十米,是中国发布的第一张高精度全月图,是当时世界上公开发布的、精度最高的全月图。

成功拍摄月面图的兴奋并没有持续太久。要知道在太空中,胜利的喜悦总是转瞬即逝,这里如影随形的，只有昼夜四伏的危机。

在众人越来越凝重的目光中，一场早已被预言的"月食风暴"已经悄然而至。

我们知道，现代的大部分航天器都是依靠太阳能发电，"嫦娥1号"也是如此。可一旦月食出现，地月之间的太阳光将被完全遮挡，这意味着，"嫦娥1号"将会彻底失去它的能量来源。"嫦娥1号"的蓄电池供电极限是五个小时，一旦蓄电池电量耗尽，航天器的生命也便提前走到了尽头。

除此之外，月食带来的另一个致命危险，就是来自月球的"降温打击"。数据显示，在月食期间，"嫦娥1号"将直接面对太空中零下二百七十度的低温环境，一些裸露在外的精密设备甚至有可能迅速降温至零下一百多度，这无疑大大超出了设备的承受范围。

现实是令人绝望的，因为对于自然的力量，人类避无可避。

可令人万万没有想到的是，经历了很多天的分析设计后，"嫦娥1号"轨道专家组竟真的研究出了一种特殊的解决方案：通过提前调整"嫦娥1

号"的轨道高度和月食出现时卫星的相位，以缩短月食产生的阴影时间。简单一点儿来说，就是通过调整"嫦娥1号"的角度和位置，尽量摆脱月食造成的阴影。

这是一个十分勇敢的、打破常规的设想：当太阳光被完全遮挡时，我们就调整自己，去寻找太阳！

那么，这样的一套方案，最终能否实现呢？

要知道，在整个月食的过程中，地面测控站无法对"嫦娥1号"进行跟踪控制，这一切的设想，只能靠卫星自主来完成。因此，"嫦娥1号"必须在极端严酷的低温环境下，在变幻莫测的宇宙空间中无差错地执行每一项指令。

这是一项严苛到令人无法想象的考验。但中国航天人最擅长的，就是紧紧抓住一线希望。

二〇〇八年一月二十七日，距离预测的月食时间还有二十三天。

二十三点五十分四十八秒，北京飞控中心正式实施"嫦娥1号"的轨道参数调整。

在发动机六十余秒的轰鸣中，"嫦娥1号"的卫星轨道被抬高了近两公里。这是至关重要的两公里。

二〇〇八年二月二十一日，当太阳光彻底被月面遮挡，地面指挥中心彻底失去了"嫦娥1号"的消息。

这一天，是我国的元宵节，北京的街上，人群熙熙攘攘。而在飞控中心里，人人正襟危坐，眼睛一眨也不眨地紧盯着屏幕，屏息等待着那最终的消息。

那段时间，漫长的等待压抑得让人喘不过气来，人人都好像一根绷紧到极致的弓弦。

嘀嘀！嘀嘀！代表地月联通的光标忽地一闪，接着越闪越快，越闪越亮。

大厅里窸窸窣窣的，接着猛然爆发出一阵如雷的掌声。

一月二十七日的轨道调整，成功将原来超过四小时的月食阴影期缩短至两小时——"嫦娥1号"安全地度过了月食期。

二〇〇九年三月一日，"嫦娥1号"已在浩瀚深空中累计飞行四百九十四天，绕月五千五百一十四圈，即将受控撞向月球，终结这场绚烂的旅程。

为什么"嫦娥1号"不能原路返回地球呢？或许很多人会有这样的疑问。

实际上，初代月球探测器撞击月球，是一种国际通用的"回收"方式。这样做的目的有两个：一是避免月球轨道上留下的"嫦娥1号"残骸与未来的登月航天器相撞；二是观察月壤遭受深度撞击后的变化，进一步探究月球深处是否有水源。

尽管依依不舍，但这是"嫦娥1号"作为我国第一颗探月卫星最有价值的"退役"方式。

二〇〇九年三月一日，北京飞控中心向已经飞行了四百九十四天的"嫦娥1号"发送了最后一条指令：实施撞月制动。

经过三十七分钟的减速后，"嫦娥1号"受控撞击月球丰富海区域，撞击点位于月球南纬1.50度、东经52.36度。

中国探月一期工程终于完美落幕。

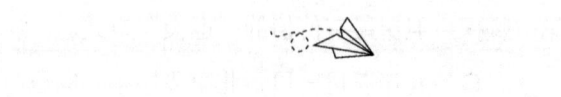

# "请让我飞吧！"

二〇〇八年六月二十四日，"嫦娥2号"卫星专题研究会正式召开。

在此之前，"嫦娥1号"已经顺利完成绕月飞行，并成功传回了分辨率达到一百二十米的高清月面图，轰动了全世界。探月工程卫星系统的总指挥叶培建在庆祝大会上表示："嫦娥1号"卫星的各项指标已经达到了国际水平。

随着探月工程士气的高涨，国内对接下来几颗探月卫星的呼声与期待也越来越高，人们逐渐将目光转向了"嫦娥2号"。

起初，"嫦娥2号"只是"嫦娥1号"的"备份星"，相当于"嫦娥1号"的"孪生妹妹"，它的存在是为了应对"嫦娥1号"发射时可能出现的突发情况。但如今,"嫦娥1号"已经圆满完成任务,"嫦娥2号"的去留再次被提上议程。是继续研发改进,赋予"嫦娥2号"新的探索任务,还是直接更新换代,重点推进"嫦娥3号""嫦娥4号"的研发呢?

有关这个问题的会议进行了很多天。如果"嫦娥2号"能够开口,此刻一定是紧张不已、忧心忡忡吧。她会大声告诉每一位与会者:"我想飞!请让我飞吧!"

来世间一遭,总要去看一看这一片宇宙,去与月亮相逢。

二〇〇八年七月,"嫦娥2号"第二轮总体方案论证工作终于完成。在经历了漫长而忐忑的等待后,"嫦娥2号"的命运被最终敲定——它将接过"嫦娥1号"手中的"太空乘票",继续这场盛大瑰丽的飞天之旅。

不过,在"嫦娥1号"的光环之下,"嫦娥2号"的整体任务都需要更进一步:不仅要贴近月球,完成更加深入的地月探索,还要在茫茫太空中进行广泛的数据采集与技术实验。

重任在肩,探月工程组经过反复讨论,决定为它选出一位最优秀的搭档——探月工程二期总设计师。

等待着,期盼着,谁是这场飞天之旅的崭新续梦人?

二〇二〇年,在国际天文学联合会小行星命名委员会的见证下,编号为281880的小行星被命名为"吴伟仁星"。而这个人的名字,与"嫦娥2号"探月工程紧紧相连。

在加入探月工程之前,吴伟仁长期从事航天遥测、测控通信和深空探测工程总体技术研究与实践,推动建设了第三代航天测控通信系统;负责研制了我国首套计算机遥测遥控系统,成功应用于载人航天工程、长征系列运载火箭、多型卫星和航空领域等;针对远程火箭飞行距离远、测控参数多、飞行效果评估难的特点,研制了一种新的测控系统,解决了我国固体远程运载火箭测控通信难题。

二〇〇八年八月起,吴伟仁在国防科技工业局探月与航天工程中心任中国探月工程总设计师;

二〇一一年起，他兼任探月工程二期总设计师。

作为多年的航天工作者，吴伟仁十分清楚，"嫦娥2号"是探月工程中承前启后的关键一环，就像他后来说的——这件事"成功了，了不得；失败了，不得了"！

但就算清楚前路的坎坷，他仍旧毫不犹豫地接下了重担，很快就带领着自己的科研团队投入到了"嫦娥2号"的研发中。

曾经有人问："探索这个三十八万公里外的荒漠星球，对我们有什么意义？"

吴伟仁回答："激发我们的科学创新和探索精神。"

二十一世纪，在新世界的春天里，我们需要这样的精神，让祖国的航天事业以及方方面面都迅速强大起来。

他说："我们这一代人有这样的觉悟。听从党的安排，服从国家的需要。我一定会从前辈们手中接过接力棒，为国家奉献出我的力量！"

# "小仙子"与"战神"的相遇

"好风凭借力,送我上青云。"

二〇一〇年十月一日十八时五十九分五十七秒,随着零号指挥员一声令下,"嫦娥2号"搭乘长征3号丙运载火箭,在滚滚烟尘中,如一支离弦的光箭,穿云而过,直入苍穹。

"嫦娥2号"的任务并不比她的"姐姐"轻松,主要是验证部分新技术与新设备,降低以后工程的风险,同时深化月球科学探测,并监测太阳高能粒子和太阳耀斑活动对地球造成的影响。

与"嫦娥1号"明显不同的是,"嫦娥2号"的环月轨道高度从最初的二百公里降低到了一百公里,这意味着,我们的卫星与月球更加贴近了。同时，卫星勘测到的各项数据、图像的测量精度和分辨率也会随之提高。

二〇一〇年十月六日，"嫦娥2号"顺利被月球捕获，成功进入环月轨道，这一过程只用了四天半。

不同于地面指挥中心的严肃紧张，在这场梦一般的旅途中，"嫦娥2号"始终在快乐而认真地观赏沿途的风景，一丝不苟地做下了每一条监测笔记，在发射后六个月的时间里，它传回了大量宝贵的探测数据，出色地完成了各项任务。

二〇一〇年十月二十六日，"嫦娥2号"成功拍摄了月球虹湾地区的清晰影像，而这里就是探月工程组为即将登月的"嫦娥3号"选定的最佳"停车场"。

其实到了这时，"嫦娥2号"的原定飞行计划已经进入了尾声，可就在检查各项数据时，地面工作组突然发现，"嫦娥2号"剩余的飞行燃料还很充足。

难道……就这么浪费了吗？好像有点可惜！

每当讨论到具体的任务执行时，我们的科学家们总是那么可爱和务实。就像农民伯伯总是想着怎样在一块地上撒下最多的种子，科学家们则总是琢磨，怎样让一颗卫星最大限度地发挥它的效用，收获最丰富的探测结果。

通过各项综合考虑，吴伟仁率先提出了"嫦娥2号""一探三"的计划——决定将其派往一百五十万公里外的日地拉格朗日$L_2$点，监测太阳活动。

拉格朗日点，还有一个名字叫作"平动点"，在这个位置，航天器可以保持相对静止，这样的点一共有五个。"嫦娥2号"将要前往的是日地拉格朗日$L_2$点，在这里"嫦娥2号"不需太多动力就可以保持一个相对稳定的飞行状态。在变幻莫测的宇宙深处，再没有哪一个地方比这里更适合观测太阳活动了！

然而，前往日地拉格朗日$L_2$点的征途并不平坦。为了尽可能地降低风险，确定"嫦娥2号"前往日地拉格朗日$L_2$点的最佳轨道，我们的科研人员需要反复核验月球周边小行星的轨道数据，而在当时，这些数据只有航天技术最发达的美国才有。

可就在这个节骨眼儿上,美国突然宣布停止共享月球周边所有小行星的数据。

技术上的封锁,使整个勘测计划陷入了僵局。眼看任务就要落空,大家又气又急。这时一个想法出现在了科学家的脑海里:为什么我们不自己绘制月球周边的行星轨道图呢?

哪怕仪器落后,哪怕测算步骤烦琐,哪怕一个最简单的数据要上百人演算上百遍,我们也要绘制出自己的轨道图!

工作室里,彻夜灯火通明,纸上心上,都是星星月亮。

二〇一一年六月九日,"嫦娥2号"正式飞离月球,在我国独立绘制的小行星轨道图的引领之下,成功到达了日地拉格朗日$L_2$点,并在这里进行监测,获得了太阳耀斑爆发以及宇宙伽马射线爆发的大量科学数据。

之前,只有欧洲航天局和美国对日地拉格朗日$L_2$点进行过空间探测。

其实这时候,"嫦娥2号"已经超额完成了最初的探测任务，可以光荣地载誉而归了。但在此时，"一探三"任务中的最后一位重量级客人才姗姗入场。

一位"小仙子"在深蓝色的天空中向前飞行。她飞啊飞，冲向前路未知的一切。

那些闪烁的小光点从身旁飞速掠过，像一串散落在黑暗中的珍珠。

在冷清寂寞的宇宙，这位"小仙子"独自飞行了七百多天，她经历了许多不可思议的奇妙旅程，还有一项最重要的行程。

在距离地球七百万公里的地方，"小仙子"即将邂逅那个命中注定的星星伙伴，这个伙伴有个有趣的名字叫图塔蒂斯，也叫"战神"。

"小仙子"一面自在地飞行，一面琢磨着怎样和伙伴打个招呼。

即将面对神秘而冷峻的"战神"，"小仙子"也有些紧张起来，她谨慎地放慢了速度，等待着地面"监护人"的指令。

这位"小仙子"就是我们的"嫦娥2号"，而她即将和一颗陌生的小行星正面相遇，执行一项特殊的任务。

北京时间二〇一二年十二月十三日十六时二十八分,随着嘀的一声,地面雷达探测系统传来消息:"'嫦娥2号'与图塔蒂斯小行星即将交会!请指示!"

指挥大厅里,灯火通明,众人屏息,总设计师的指令掷地有声:"照原计划进行!"

这是一颗国际永久编号为4179的小行星,长约4.46公里,宽约2.4公里,由于受到木星和地球引力的影响,它的运动轨迹十分不规律,有时甚至有些"横冲直撞"。

一九八九年,法国天文学家赋予它一个危险而神秘的名字——图塔蒂斯,这也是凯尔特人神话中战神的名字。

作为一颗对地球存在撞击威胁的近地小行星,图塔蒂斯就像是一颗极度危险的"定时炸弹"。

多少年来,科研学者们不断尝试各种方式,想弄清楚它的质量、结构与飞行轨迹,但受限于当时的天文探测技术,我们只能通过望远镜看到一个飘忽的小光点。

如今,"嫦娥2号"就是我们最好的机会!向它飞去,去见"战神"!

当这个大胆的计划第一次被提出时,吴伟仁有些担忧:"'嫦娥2号'要是撞到这颗小行星上了,就什么结果也没有了。我们的卫星肯定会损坏,更甚,小行星可能把它撞偏了,后果不堪设想!"

中国月球探测工程首任首席科学家欧阳自远也说,与图塔蒂斯小行星交会的一个最大困难是,不能飞得太远,更不能贴得太近。这是因为如果太远的话,根本拍不清楚;太近的话,二者又有相撞的危险。

为了保证精准操控整个交会过程,吴伟仁组织全国的深空站进行密集的观测,包括在中国东北佳木斯新建的六十六米巨型天线——这是当时亚洲口径最大、接收灵敏度最高的测控天线。

经过科研人员的反复测算,探月工程组最终确定:两颗"星星"将会在距地球七百万公里的地方交会。同时,工程组定下了一个在当时听来几乎不可能实现的硬性指标:当"嫦娥2号"与图塔蒂斯交会时,二者之间的距离不得大于一公里。

而我们国家居然做到了！

这是一场惊心动魄的邂逅，来自地球的逐月"仙子"和来自星空深处的年轻"战神"，它们以十点七三公里每秒的相对速度，在无边无际的宇宙中擦肩而过。

所有人都清楚，这是两颗"星星"漫长的一生中有且仅有一次的短暂交会。而那只是一个历史的瞬间，之后，它们就永远地分开了。

当图塔蒂斯飞身而至时，"嫦娥2号"携带的星载监视相机悄然按下了快门。

当这张小行星的图像被传回地面时，地面指挥中心的众人都十分激动，不少工作人员甚至忍不住掉下了眼泪。这场属于中国航天人的史诗级浪漫，终于在无垠的宇宙之海被永远定格。

"嫦娥2号"实现了国际上首次与图塔蒂斯小行星的近距离交会与飞越成像。

吴伟仁说："我们一个卫星实现了三个任务的探测，就是实现了'一探三'。这为国家省了火箭，省了卫星，在国际上就说啊，中国人把'嫦娥2号'的作用发挥到了极致！"

"嫦娥2号"深空探测任务的圆满完成，进一步证明了我国航天事业的飞速发展，推动着探月工程走向"绕、落、回"三步走的全新阶段。直到这一刻，"嫦娥2号"的探月之行才终于圆满落幕。而此时的它，又该何去何从呢？

在"嫦娥1号"撞月一千多天后，它的继任者也来到了这个至关重要的命运转折点。经过多轮反复研讨，工程组最终决定，放"嫦娥2号"游弋在未知的宇宙深处，一路放歌，向太阳奔去。

二〇一三年一月，带着人们的美好祝愿，"嫦娥2号"飞向了远方。二〇一三年七月十四日，"嫦娥2号"与地球之间的距离已经超过了五千万公里，"小仙子"正在离我们而去。

后来，在接受采访时，欧阳自远说："'嫦娥2号'现在已经成为太阳系里面非常非常小的一个人造小天体，它正在绕着太阳飞，已经离开我们地球四亿多公里了。"

蔚蓝苍穹的最深处，在那炽热的接近太阳的地方，我们牵挂的这位"小仙子"始终在孤单而奋力前进着。

二〇二九年，也许它还会回到我们地球的怀抱，希望它带着无限美好的宇宙回忆、丰富多彩的"旅行日记"平安归来。

# 软着陆的难题

绚丽的灯光一盏盏地熄灭,虫儿轻声鸣叫,风的声音变得越发清晰,喧嚣的城市逐渐回归平静,夜色已然铺满大地。忽然,一位美丽的精灵挑起一盏晶莹明亮的灯笼向夜空飞去,路过一扇窗前,精灵不禁感到惊讶,这个时候竟然还有人家亮着灯?精灵随后将手中的灯笼点得更亮,加快速度奔向夜空,心里想着:一定要把它挂在最显眼的地方,点亮整个夜晚!

兰晓辉抬起头,窗外浩瀚无垠的夜空中一轮明月高挂,点亮了这个独自奋斗的夜晚。

"原来已经这么晚了……"兰晓辉不禁感叹,摘下眼镜用手揉了揉发胀的双眼,长长地舒了一口气。今天团队取得了一定进展,但还是不够,还得再加把劲儿!

兰晓辉,"嫦娥3号"探测器发动机主任设计师,两年前,原本工作在火箭研究领域的他,因为一项急需攻克的新技术被紧急调至月球探测器研发任务组。

在过去的工程中,中国探月航天人出色地完成了令人骄傲的"绕月"任务,为中国探月开辟了充满光明的新时代。此刻,接力棒交到了"嫦娥3号"手中,中国探月航天人必须跨越更远的距离,迈出这历史性的"第二步",去挑战"绕、落、回"三步走计划中的全新阶段——落月。

落月,顾名思义就是要降落在月球表面。这时可能有人会想了,既然过往的技术已经成功实现了精准升空,那只要看准时机一关机,让"嫦娥3号"掉在月球上不就完成了吗?事情当然不可能这么简单,过去的两年里,兰晓辉一直在努力攻克一个问题——月面软着陆。

月面"软着陆"是相较于"硬着陆"而产生的名词,是指在探测器落地之前通过一定的手段降低垂直速度，达到可接受的速度，从而实现安全落地的技术手段。

人类历史上第一次成功实现月面软着陆的是一九六六年的苏联"月球9号"，那时苏联采用的方法是"弹跳"，也就是用气囊将探测器全身包裹，之后在月面进行弹跳缓冲直至安全着陆。为了实现月面软着陆，苏联连续经历了十一次失败，而航天技术领先的美国也曾在月面软着陆上经历过六次失败。

现在，从未尝试过月面软着陆的中国航天人该怎么选择？

兰晓辉拿起面前修改过很多遍的草案，起身来到窗边，向那轮明月望去。那就是月亮，夜晚中最美丽的精灵，她此时正挑着精心准备的灯笼，照亮着四周，为寂静寒冷的月宫点缀一丝活跃的气氛。

是啊，已经太久没有人光顾那遥远的月宫了，这一次究竟还要期盼多久？在月光的沐浴下，周身的疲惫迅速被抛至脑后，留下的便是继续前进的决心。

怎么才能保证"嫦娥3号"平稳安全地着陆？

怎样才能在月球的复杂环境中不翻车？软着陆技术最重要的前提就是"减速缓冲"，在地球上可以用降落伞减缓速度，但月球上没有空气，就只能靠发动机反推来实现平稳的降速。

"研发一个全新的变推力发动机。"这是兰晓辉要攻克的难题。未知的领域，再加上时间紧迫，刚接触探月工程的兰晓辉心里一点儿底都没有。但是他不断告诉自己："作为中国航天人，这是自己的使命，绝不能允许中国探月的进程在这里就停滞！道路一定能走通！"

于是，兰晓辉开始寻找一切能够学习借鉴的相关资料，国家的现有成果、外国的成功案例等等。

经过不断的理论积累，兰晓辉终于完成了变推力发动机的初步设计。但这还远远不够，仅仅在理论上成功是不完整的，还要经过更加严格的"试车"环节。

"全体注意！发动机真空实验舱试车开始！"

"开始计时！"

"一秒……两秒……三秒……"

探测器在实际飞行的时候，周围是真空的，想要看看发动机到底能不能正常运作，就必须要创造模拟真空的实验条件。

"报告！数据发现异常！发动机机身过热！"

"六秒……七秒……八秒……"

"立刻停止运行！"

"指令无法停止！"

"九秒……十秒……！"

只听嘭的一声，所有人还没来得及反应，实验舱内的发动机瞬间停止了运转。当大家打开实验舱检查时，眼前的景象让所有人都垂下了头——刚刚制造出的全新发动机，运转了短短十秒钟就全部烧毁！这样的打击让发动机研发团队的士气瞬间熄灭。

"没关系！我们现在使用的技术，是前辈们经受了多少次失败才换来的！我们这才第几次试验，怎么能在这里就退缩了？"兰晓辉站出来，紧紧握着发动机设计图纸的手微微颤抖着，"我们今天就查！时间是自己抢出来的！尽快找到问题，展开下一次试验！我们一定要把这条路走到底！"

大家在兰晓辉的鼓励下纷纷点头。没错！一次不行就试两次，再不行就试到行为止！这就是试验的目的！大家迅速投入到下一次试验的准备之中。最终，经过反反复复五十多次试车，变推力发动机技术终于得以突破！变推力发动机顺利通过了各种模拟测试，取得了成功！

　　兰晓辉和团队为这来之不易的突破而感到骄傲。喜悦过后，兰晓辉说："现在庆祝还为时过早，我们为月面软着陆提供了第一重保障，实战才是真正的考验。"

# 成功"落月"

二〇一三年十二月二日,"嫦娥3号"探测器在全体探月航天人的护送下顺利发射,进入月球轨道,接下来就是最关键的一步。

十二月十四日,发射成功后的第十二天,总设计师吴伟仁再次走进北京飞控中心。

"舒嵘!舒嵘在哪儿?"吴伟仁问道。

这时,一名身穿白大褂的研究人员站了起来。

"报告!在这里!"

吴伟仁上前握住舒嵘的手,诚恳而严肃地说道:"我们跑了三十八万公里,最后的一百米就靠你了!"

只见舒嵘郑重地点点头,接下了这份重任。

舒嵘，中科院上海技术物理研究所副所长，本次"嫦娥3号"任务关键技术"三维激光成像"的研发者。

月球表面地形崎岖多变，布满深坑，面对这样高度的未知区域，即便有了变推力发动机进行平稳降速，最后降落的阶段也仍有风险。四年前，舒嵘接到任务，为确保"嫦娥3号"最终着陆阶段的安全研发全新技术。

舒嵘思前想后，究竟该从什么角度出发？回顾其他国家的软着陆案例，为什么会有那么多次失败？舒嵘反复观看当年苏联留下的月面气囊着陆资料，突然间，一个想法飞入脑海。

"探测器触月反弹的位置很难预测，这说明先前采取的是几乎盲降的手段。"舒嵘激动地说，"之所以会造成多次失败，是因为盲降的不可预测。如果想要改变这点，必须让我们的'嫦娥3号''睁着眼睛'落地！"

有了方向，舒嵘立刻带领团队展开方案研究，最终大家统一认可了"三维激光成像"方案。这个办法就是在着陆过程中利用激光成像技术提前获取月表画面地形状况从而进行着陆判断。这就很像是给"嫦娥3号"配备了四位视力绝佳的"侦察员",在降落过程中由它们接力观察地面,寻找平整的着陆点。为了测试"侦察员"们的眼力,研究员们将大大小小的木板摆成不同的高度和角度,挖出不规则深坑,从而模拟从空中看到的崎岖起伏的月球表面。

可是,现在还有一个问题,探测器最后一百米的下降速度实在太快了,只有不到十秒,而且还会伴随巨大的晃动,这样很难拍出清晰的三维图像。

对此,舒嵘坚决地说:"我们的方法就是一个字——'快'。"没错,就像是照相机的快门,即使手再抖,只要快门速度足够快,也能拍出清晰的照片。既然要快,那就要做到最快!在舒嵘和团队的努力下,最终将成像速度提高了整整十六倍!只要二百五十毫秒就能拍出一张完整的三维图像。

"全体注意!'嫦娥3号'探测器开始下降!"

接下来就是关键的落月时刻,所有人屏气凝神,舒嵘在操作台前全神贯注,默默在心中数着这最后的十秒。

"发现月球坑!"

"立即平移探测器!"舒嵘迅速给出结论,这是以毫秒为单位的战役,成败在此一举!

最后的瞬间,所有人睁大了双眼,时间仿佛停止了。

"成功平移五米!顺利避开月球坑!"

"'嫦娥3号'探测器月面软着陆任务成功!"

飞行控制中心传来震耳欲聋的欢呼声,就在刚刚,中国探月航天实现了载入史册的一落!一次成功,精准到位!这一落,不仅勇敢迈出了中国探月计划的第二大步,让中国成为世界上第三个掌握月面软着陆技术的国家,开启了中国深空探测的全新篇章,更是结束了人类无人探测器在月球盲降的历史。

喜悦充满了胸膛,舒嵘说:"四年的时间,就为了这最后几秒,就为了得到一幅图。"泪水在他的眼眶里打转,"这是团队的胜利,内心深处,为中国探月而骄傲!"

"大家快看!"

人们还沉浸在喜悦之中,前方又传来了好消

息。所有人都紧紧盯着大屏幕，此时，探测器为大家传回了更加令人激动不已的画面。

"是'玉兔'的脚印！"

"'玉兔号'月球车顺利登月！"

在世界的注视下，"玉兔"轻轻伸展自己的双臂，勇敢地向前跑去，留下两条清晰的车辙印，它就像充满好奇的孩子，小心翼翼地探索着陌生而又精彩的世界。所有人都沉浸在眼前的美好画面中，对未来充满了遐想与期待。

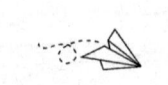

# 穿着金铠甲的小"玉兔"

"嫦娥3号"的着陆器在月球表面稳稳地降落了。她就像一团祥云，带着一位地球的小客人来到神秘的月球。

只见舱门不紧不慢地打开了，两条斜梯从里面伸了出来。"小兔子"被轻轻唤醒了，它舒展开自己刚刚睡醒的身体，慢慢走出舱门，准备开始自己奇妙的月球之旅了！

它的名字叫"玉兔"，方头方脑，全身披着闪闪发光的黄金甲，耀眼极了。这身黄金甲不光漂亮，还有超强技能！

第一，这是一件防晒衣，也是一件无敌宇航服！月亮上白昼光线太强烈，夜晚又漆黑一片，白天的温度高达一百二十七摄氏度，晚上的温度则低至零下一百八十三摄氏度，相差三百多摄氏度！应对这样大的昼夜温差，对黄金甲来说不在话下！

第二，这是一套强力防辐射服！它能够阻挡宇宙中各种高能粒子的辐射，保护"玉兔"最重要的"宝贝"——随身携带的十几件高科技仪器。

第三，这是一件会吸收能量的魔力铠甲！铠甲肩部有两片太阳能电池帆板，可以为"玉兔"补充能量！

"玉兔"摇摇晃晃地沿着轨道滑下，新世界的气息促使它第一次张开困倦的双眼，看向这个银灰色的静谧星球。

周围好空啊！一切都是那么陌生！"这是哪儿？"它小声地问，兴奋中带着一点儿小小的畏怯。

电磁波里传来地面的声音："'嫦娥3号'月球车已成功到达月面，请指示！"

它多想不管不顾，埋头冲冲冲！但在地球上，它早就了解了一件重要的事情：月球上这片土地与地球完全不同！这里的重力大概是地球上的六分之

穿着金铠甲的小"玉兔"

一，表面的土壤非常松软，而且坑坑洼洼，地面上有大大小小的石块，有低洼的陨石坑，还有陡峭的高坡，要是滑倒或是翻车，这里可没人能帮得上忙！

"玉兔"可不怕这些，它有四只神奇的眼睛，分别是全景相机和导航相机，看到越不过去的斜坡，跨不过去的深坑，就能聪明地提前绕过去！它能前进、后退、转弯，能爬上二十度的高坡，也能跨过二十厘米的障碍！这些行动技能让小"玉兔"在陌生的月球表面自由行走！

这还是一只特别爱干净的小兔子，月亮表面上的土壤颗粒很容易大量扬起，形成月尘，特别难打扫干净！这样的尘土不光是脏，更会给"玉兔"带来很多危险，比如机械结构卡死、密封机构失效、光学系统灵敏度下降。

小"玉兔"在月球上可忙了，它四处旅行，一边灵活地避开障碍前进，一边睁大眼睛，开启全部"感官"去观测月球，把探测到的数据自动传回地球，帮助地球上的人类伙伴更加直观地了解三十八万公里外的月亮。"玉兔号"的肚皮上有一架厉害的机器——测月雷达！这个机器可发射雷达波探测二三十米厚的月壤结构，还能对月球下面一百米深的地方进行探测。

忙碌了这么久，小"玉兔"也需要睡觉，月球的夜晚太寒冷了，不能工作，正是睡觉的好时候！但是，你知道"玉兔"要睡多久吗？

"玉兔"睡的这一夜，可是地球上的整整十四天！因为月球上的一昼夜相当于地球上的二十八天，一晚上当然就是地球上的十四天了！第二天早上，地球上的人类会唤醒"玉兔"，让它继续前进！

但是这一次，"玉兔"偏偏就是在睡觉的时候出问题了！

二〇一四年一月二十五日凌晨，小"玉兔"进入第二次月夜休眠。早在这次睡觉之前，因为月球上复杂的情况，小"玉兔"的机械部分就出了问题！那是因为第二月昼期间"玉兔号"在行进中被石块磕碰"受伤"，随后"带伤"进入在月球上的第二个夜晚。

小"玉兔"之后的命运将会如何呢？

# 奇妙的月球车

让我们先去了解一下小"玉兔"的前世今生吧!

传说千年以前,美丽的嫦娥仙子奔向月亮,月亮上有冰雕玉琢的月桂树,树下是雪白可爱的小玉兔,小玉兔抱着小玉杵,日复一日在广寒宫中捣药。

如今,随着我国航天事业的飞速发展,嫦娥奔月的千年神话已经不仅仅停留在纸面上,从"嫦娥1号"到"嫦娥2号",月宫的神秘面纱逐渐被中国航天人一层层揭下。随着探月工程"三步走"中的第一步"绕月"圆满完成,第二步"落月"这项光荣而艰巨的任务,也终于落在了探月家族的新生代——"嫦娥3号"的肩膀上。

作为我国第一个即将登上月球的探测器,"嫦娥3号"无疑是万众瞩目的。

如果她能够开口,一定有很多记者争先恐后地提问吧!

"作为第一个即将实现月面着陆的中国探测器,你有什么感想?"

"你的前辈'嫦娥1号'和'嫦娥2号'都圆满地完成了任务,请问你的压力会不会很大?"

"关于此次月面着陆,可不可以分享下具体细节呢?"

……

很多个夜深人静、默默等待发射的日子里,她把落月细则背了又背,两条重点任务圈了又圈:一是实现月球表面软着陆,二是释放首辆月球车。

"嫦娥3号"主要由着陆器和月球车组成,贾阳是"嫦娥3号"探测器副总设计师,他陪伴并见证了"嫦娥3号"月球车的诞生。

在起草月球车的设计图时,有很多东西是必须重点考虑的,比如通信需要架起很大的天线,因为地月之间的距离实在太远；比如月球车需要太阳能电池板来保证长期稳定的能源；再比如由于月面环境复杂，月球车必须增加机械臂来辅助工作……除此之外，月球车的移动方式也是个老大难。设计师们提出了各种各样的创意，他们在设计图纸上画出许许多多形态各异的小车。

有长着翅膀、漂亮又梦幻的，有四个轮子中规中矩的，还有外表华丽酷炫像变形金刚一样的……有的稳重，有的轻巧，有的朴实，有的花哨。

每每到了这个时候，这些平日里一本正经的设计师，忽然一下就变成了可爱的小孩子。他们把所有的幻想和热情都放在这架小小的月球车上，雪花一样的图纸一层层堆在桌案上，但这可苦了贾阳。夜里，他盯着手中一张张的图纸，琢磨得头都疼了。

究竟要用一种什么样的外形才能方便月球车在月球上移动呢？

最开始，有人提出，我们可以把月球车设计成非常酷炫的探月"法拉利"，有着流线型的时尚而漂亮的车身，但月球上没有风，流线型的身材好像并没有什么优势，还会额外增加重量，只好放弃。

常见的履带式，可以平稳通过月面松软的沙地，但万一在月球上卡住了，根本没法派人去修理。腿式或许是个不错的选择，遇到凹凸不平的月面，可以像人一样"站起来"溜达，可这种模式需要很强的动力，万一遇上极端情况，不得不全系统断电，就很有可能再也启动不了了。

讨论了一圈，大家终于发现：最好的还是轮式，不仅轻松省力，而且光滑灵活，几乎可以应对所有复杂的路况。

好！就做轮式！

设计的大方向终于确定了，但究竟做什么样的车轮，又引起了大家激烈的讨论。尽管自然界中有许多生物的外形都值得人类模仿学习，但是没有哪种生物直接长得像个车轮。

月球上土壤条件实在太复杂了，除了大大小小的陨石坑外，指不定哪里就会冒出一块坚固锋利的绊脚石，普通车轮真的能在这种环境下保持长期运行吗？

有人提出，可以设计一种能够变形的轮子，在相对平坦的路上，把车轮变大走得快些，遇到崎岖不平的路面，再缩回正常尺寸。但很快，这个方案也被否决了，原因和之前类似：月面上没法派人修理，万一这种车轮不小心卡进了小石子，月球车可就要提前"退休"了。

能不能用更加轻便、灵巧的材料代替常用的车轮呢？比如那种透气的、耐磨的，最好材质也能柔软一些……

冥思苦想间，贾阳抬头看向窗外，清澈的太阳光透过纱窗落在办公桌上，变成了一块油画般的金色棋盘。

有了！就是纱窗！

一种从未有过的灵感霎时击中了贾阳。"我们可以把月球车的轮子变成像纱窗一样的网格！"网格具有弹性，能够在月球车行驶的时候分解掉一部分重量，减轻车体负担，而且还能够自动过滤异物。对于月面那种复杂未知的路况来说，这是最好的选择了！

有了理论的支持，贾阳很快带领着队伍给月球车的轮子进行了大改良，把轮子变成网格轮子！很漂亮!

但很快,一个新的问题出现了。研究显示,月球上每天温度变化都很大,能达到最高一百二十多摄氏度和最低零下一百八十多摄氏度。这简直就是广寒宫和火焰山的组合!不解决这个问题,怎么能安心把月球车送上天呢?

自从接手了月球车的设计,贾阳和同事们的眉头就几乎没有舒展的时候。他们伏案工作,不停地争执讨论,最终还是发现,就算再精密的仪器,也没有办法确保月球车的恒温控制,看来,只有外力辅助这一个办法了。

有人提出在月球车上加装防护罩,也有人提出升级控制系统,可无论怎么讨论,好像总有不如意的地方。

就在这时,一名设计师注意到了月球车上"其貌不扬"的太阳能电池板。"哎,这块板子,能不能做点文章?"大家呼啦一下围上来,七嘴八舌地讨论起来。

电池板又大又薄,白天可以张开变成遮阳伞,晚上又可以变成一床被子,让月球车舒舒服服地盖着睡觉!这样一来,不仅美观轻便,还不用额外增加重量,可谓是一举多得。可以,就这么办!

月球车正式成形的那一晚,设计组围着月球车看了又看,心里既高兴又喜欢。

大功告成!让我们给小家伙取一个名字吧!于是,关于月球车的第三次"轰轰烈烈大讨论"又展开了!

这是一段非常有趣的回忆。

贾阳说:"我也曾经建议过,比如说叫哪吒,取的是一个轻巧灵动,然后我还解释了一下,哪吒有一个三头六臂的状态,对应车的六个轮子。然后我们的主管领导跟我讲:'不好,你这个脚踩风火轮,这个名字应该给火星车先留下'。"

"后来有个网友取了个英文名字,叫imoon(我的月亮)。"贾阳很风趣地评价道,"当时大家都觉得眼前一亮,但是怕以为是苹果公司的产品。"

想来想去,最终还是绕回到传统神话上。月球车是要跟"嫦娥"一起飞天的,想一想,广寒宫里成天陪伴着嫦娥的是谁呢？你可能也想到了这个最佳答案——

二〇一三年十一月，国家国防科技工业局举行新闻发布会，宣布月球车的名字叫作"玉兔"。

# 小"玉兔",快快醒来呀!

因为"嫦娥3号"一旦发射就无法再调整修复,所以必须在地面反复进行试验。这包括内场试验,在环境中模拟月球重力,还要四处寻找合适的火山灰模拟月壤,再把火山灰烘干磨碎,在试验场里铺设成月面的样子。还要进行外场试验,科学家们选择在遥远的敦煌戈壁来模拟月球环境,在中国西北库姆塔格沙漠与罗布泊交界处,科学家们建立了试验场。

这里环境恶劣,信号被屏蔽,只能靠柴油机发电。在距离试验场大概十公里的地方发现了狼的脚印,为了安全,贾阳就在试验场的四个角放了四面红旗,规定试验队员只要是看不到红旗必须立即返回。

基地的一侧就是胡杨林，胡杨上挂了六个牌子，代表着试验队员们来自六个城市，牌子上标注的是从试验场到他们家乡的距离，最上面的一个牌子则代表月球的距离"三十八万公里"。

他们从很远的地方辗转运来一块大石头，刻着"望舒"，这是古代神话中为月亮驾车的神，科学家们就这样把自己比作为嫦娥和玉兔驾车的人。

其间，大家还举行了摄影比赛等活动。大家评选出最受欢迎的几张照片，贾阳拍摄的一张漂亮的月球照片并没有名列前茅，大家一致投票决定，还是食堂康师傅做拉面的照片拍得最好。

尽管条件艰苦，但贾阳带领着大家在风沙中奋战了数月，最终调试好了月球车的各项功能。看着一望无尽的戈壁，贾阳一边感叹大漠孤烟，一边欣赏自己和同事们的成果，说："看到月球车在眼前跑起来，真的就像孩子长大了一样，非常幸福。"

二〇一三年十二月二日凌晨，"嫦娥3号"怀抱着小"玉兔"，从西昌卫星发射中心奔向月球。

在月球上独自探险的小"玉兔"之后命运如

何呢？

事情总是充满未知，就像变幻莫测、崎岖难料的月球。

二〇一四年二月，此时距离"嫦娥3号"月面软着陆成功已过去两个月，这两个月中"玉兔"工作一切顺利，就在大家按部就班地推进时，一个噩耗传来："玉兔"经过月夜休眠后，未能醒来……

"霍尔器件出现了短路……"

"现在电源电压过低，下位计算机供电电压不足，探测器无法正常工作。"

"立刻修改程序！"

探月航天人立刻采取了"抢救"措施，昼夜不停，分秒必争，然而所有的操作都没有奏效。

外界的议论越来越多，所有人都在问："'玉兔'还醒得过来吗？"

"玉兔号"月球车设计师贾阳沉默了，他心里清楚，试过了这么多办法还是没能修复"玉兔"，这回，多半是醒不过来了。

那是一段灰暗的时光，世界仿佛陷入了泥潭。

"不能让'玉兔'孤零零地在那里睡去！"

"就算只有一丝希望,我们也绝不放弃!"深空网的工作人员没有失去信心,大家齐心协力,运用佳木斯深空站的大天线一遍遍呼唤着"玉兔"。网友们也纷纷发来鼓励,月宫的"玉兔"一定能醒来!

一天,两天……所有探月航天人不眠不休。终于,遥远的深空传来了一丝微弱的回应!

"啊……"一条载波信号传回了地面,虽然其中没有实质内容,但探月航天人此时已经欣喜若狂!接下来的信号越来越清晰,"玉兔"不仅醒过来了,而且状态看起来还不错。

"'玉兔'醒来了!'玉兔'醒来了!"

整个控制室顿时被欢呼声席卷,而惊喜的背后是无数次处于崩溃边缘的坚持!

贾阳流下了泪水,他努力平复自己的心情,不禁念起一首诗:"剑外忽传收蓟北,初闻涕泪满衣裳。却看妻子愁何在,漫卷诗书喜欲狂……"

二〇一四年九月六日,小"玉兔"进入了第十个月昼工作期,它随身携带的高科技仪器——全景相机、测月雷达、红外成像光谱仪、粒子激发X

射线谱仪都运行正常，只是脚不能动了。

回顾起小"玉兔"经历的月球历险，吴伟仁说："月球车出现故障，说明我们对月球环境仍然缺乏了解，比如对月尘的认识非常不足。月尘比我们地球上沙漠里的沙子要细小得多，只要有一点点月尘进入月球车，就有可能造成短路，从而让其移动系统发生故障。"

二〇一六年七月三十一日，"玉兔一号"的工作正式结束。原本为其设计的寿命是九十天，可勇敢坚强的"玉兔"实际在月球服役了九百七十二天，它代表我们中国在月球上留下的第一个足迹，有着举足轻重的意义。

至此，中国探月航天工程的第二大步"落月"圆满成功。

小"玉兔"留在了月亮上，每当我们仰望月球的时候，是不是也会想到，我们这个亲密的小伙伴也在回望着我们呢？

# 宇宙中的"鹊桥"

夜晚的天空，银河闪着珠光，和星星一起撑起了今晚的舞台。

今晚的月色格外明媚，科学家、工程师们围坐一堂，回顾起这段不可思议的旅程。我们已经跨越了历史的长河，抵达了梦中的月亮，突破性地实现了三部曲中"落月"的目标，多么令人激动啊！

然而，我们不能满足于此，中国航天探月工程仍在继续，还有更多新的挑战在等待着我们。

此时，时间已经进入到"嫦娥4号"的任务周期。

有人认为，既然"嫦娥4号"是"嫦娥3号"的备份星，那就注定在技术上无重大突破，考虑资金和时间成本，不应该再消耗资源发射一枚"嫦娥4号"了。但更多人认为应该发射，可以选择较为稳妥的方式把4号降落在月球的南半球，或者可以将它降落在3号的身边以显示我们的控制精度……

究竟该怎么做呢？

大家不禁抬头，看着美丽的月亮，此时可爱的"玉兔"在月球上嬉戏，为我们带来月亮的问候。

这时，突然有人发问："你们说，月亮的背面会是什么样子呢？"这个问题引发了科学家们的热烈讨论，大家立刻就探测月球背面这个设想提出了各种各样的方案。

由于月球绕地球公转的周期与月球自转的周期相同，所以月球总有一面背对着地球，这一面被称为月球背面。而想要跨越屏障在月球背面实现探测器与地球的正常通信非常困难，再加上月背地形崎岖，想要安全着陆更是难上加难，因此从未有人类的足迹抵达过月球的背面。种种数据都表明，这是一个不可能完成的设想，但是中国探月工程科学家们非但没有退缩，而是更加兴奋！

月球背面地形究竟有多么复杂？陨石坑的分布

与正面到底有什么不同？山地的月壤是更厚还是更薄？着陆时会遇到什么挑战？月球车在那么崎岖的地形上行走安全吗？会有什么科学新发现？……这些问题使得科学家们热血沸腾，对探测月背更加渴望。

"既然没有人做过，就由我们来做！"科学家们一致坚定决心，立刻开始了各种实验与讨论。

"我们应该学习'嫦娥3号'的工作流程。"

"应该首先选择适合的着陆点！"

"不对，首要问题还是月背与地球的通信方案。"

"或许可以添加一个步骤……"

经过两年多的反复论证，经历了无数次推翻与重构，在科学家们的不懈努力下，终于，一个令人满意的方案诞生了！

二〇一八年五月二十一日，此时距离"嫦娥4号"的发射还有半年时间，探月工程师们齐聚发射控制室，他们即将完成一项举世瞩目的特殊任务。

"这里是西昌卫星发射中心！长征4号丙运载火箭准备完毕！"

"启动'鹊桥号'发射程序！"

在全体人员的注视下，运载火箭升空，火箭的尾焰划过夜空留下绚烂的痕迹，就像一座天然桥。正是这座非同一般的桥，成了我们与月球背面沟通的桥梁。没错，这就是科学家们想出的绝佳方案——在"嫦娥"出发前，先架起"鹊桥"。为了克服月球对通信路径的遮挡难题，科学家们想到了"中继星"，提前发射"鹊桥号"中继星，为月背工作提供清晰的信号。

探月科学家与工程师们，聚精会神地盯着屏幕，不敢放过任何一个细小的信息。想要架起"鹊桥"，就要先奔赴比月球还要遥远的地月拉格朗日 $L_2$ 点，在那里才能避开遮挡，实现后续的构想。看着中继星一点点越过月球，向着更远的地方奔去，大家不敢有一丝一毫的松懈。

紧张而又漫长的二十多天过去了。

"各部门注意，中继星即将进入使命轨道！"

"最后一步！鹊桥架设成功！"

控制室内传来欢呼声，大家终于松了一口气，但很快就从愉悦的心情中恢复冷静。这才是着陆月背的第一步，接下来就要看"嫦娥4号"的了。

# 神秘的月球背面

经过不断测试,以及对着陆点的反复推敲,半年后,"嫦娥4号"整装待发。由于窗口期的限制,这次的发射任务选在了凌晨进行。

"各部门准备!"

凌晨的大凉山深处,灯火通明,一群志向不凡的人聚在一起,决心完成这项"不可能"的任务。

"发射倒计时开始!十秒……"

"三秒……"

火箭即将送"嫦娥4号"踏上"鹊桥",再赴征程,这一刻,所有人蓄势待发。

"一秒……火箭点火!"

在大家的期盼中,"嫦娥4号"如盛放的焰火,顺利进入了通往彼方的轨道。

火箭发射成功，这"不可能"的任务第一步已经实现。但大家知道，这次任务是一项耐力跑，接下来的"过三关"才是真正的考验，因此不能有丝毫松懈。

四天后，航天工程师们迎来了第一关——近月制动。

有了先前几位"嫦娥前辈"的实践经验，这次的近月制动工作更加顺利。在工程师们的精确操控下，探测器减速发动机开始反推，随后，在月球附近精准刹车，探测器成功进入了环绕月球的轨道。

第一关顺利通过，但三周后的第二关可就没有那么容易了。

"报告中继链路测试情况！"

航天中心指挥员紧盯着屏幕，眼神谨慎而坚定。

"地面、中继星、着陆器信息往返正常！"

指挥员握紧了手中的指令器，他知道，验证大家心血的时刻就要到了。

这里是一年前的探月工程总部，今晚，一个重要的时刻即将到来。

"根据'嫦娥3号'的经验，应该从距离月表十五公里的抛物线位置逐渐下降。"

"可是这次情况不同，月背着陆点地形过于复杂！"

"我们必须寻找其他办法……"

没错，这次不同于之前的月表着陆。月球正面拥有可预判的地形及清晰的视野，而本次任务要面对的是更加复杂、充满未知的月球背面，先前的经验不能直接使用，究竟该如何选择着陆点？科学家们对此连夜展开了讨论，提出了成千上万种不同的方案，但都因为月背地形不确定性太高而被一一推翻。

就在大家一筹莫展之时，一个全新的想法浮出水面。

"既然不可预判，那不如把一切都交给未知！"

没错，既然未知性过大，不如改变思路，彻底采取与"嫦娥3号"不同的运动轨迹。相较"嫦娥3号"以弧形轨迹缓慢着陆，"嫦娥4号"需要采取近乎垂直的降落方式，等到接近着陆点的上方时，再做制动俯冲。

"可是这样留给我们判定着陆点的距离只有一百米，图像根本来不及传输回地面！"

新的问题又让大家陷入了短暂的沉默。如果采用这个方案，留给地面科学家们的工作时间太短，根本来不及从太空中收取返回信息再对远在天边的"嫦娥4号"下达着陆命令。不过，大家很快便找到了解决方法。

既然无法传回地面，那就让探测器自己在空中根据图像识别并选择符合安全标准的着陆点！航天设计师们研发了新的智能程序，为探测器增加了一双"眼睛"，这样它就能根据实时数据判断出最合理的着陆点了。

"各部门准备！探测器开始俯冲降落！"

控制室内，所有人全神贯注，准备一起迎接这充满未知的时刻。

"开始俯冲！"

"最后十米……五米……"

大家屏住呼吸，根据现在的程序显示，这最

后的四米高度,探测器将以自由落体的方式冲向月面。

"缓冲程序启动。"

"着陆腿伸展。"

"着陆成功!"

顿时,控制室内欢呼一片,大家看着屏幕上传回的画面,眼前的"嫦娥4号",伸展四肢,四个漂亮的足印稳稳地印在了月亮背面的着陆点上,所有人难掩内心的激动,雷鸣般的掌声响彻夜空。

很快,大家的精神再次紧张起来,三关已经过了两关,还剩下最后一关,绝不能有半点懈怠!

"准备释放月球车!"

"收到!"

在全世界的瞩目下,舱门一点点开启,可爱的"玉兔二号"月球车出现在大家的视野之中。

"开始执行!"

只见月球车灵巧地舒展两翼,勇敢地行驶到转移梯子上,一身银袍,昂头向前,坚定地行驶到了月球的表面。

在所有人的共同期盼下,月球车缓缓展开自身

112　中华先锋人物故事汇　"嫦娥"团队

的两根杆状天线，摆出了在宇宙中的最佳姿势。

"我宣布，本次'嫦娥4号'月背着陆任务，圆满完成！"

控制室内一片欢腾，大家终于迎来了这个激动人心的时刻！中国探月航天工程用四个足印、两道车辙共同向世界宣布：月背，我们来了！

"嫦娥4号"的成功是一项极具探索性的突破，它不局限于普通的月球表面探测，而是在月球背面的特殊地貌构造下，对月球更深层的地质构造进行探究，这对人类研究星体的形成与演化具有重要意义。与此同时，由于宇宙环境复杂多变，地球上很难探测到来自宇宙中的微弱低频射电，而月背就像一个天然屏障，屏蔽了来自地球的低频辐射，因此，月球背面是空间射电天文观测的理想位置，这也为今后对宇宙低频射电的观测做出了前所未有的贡献。

这是人类航天器第一次造访月球背面，人类的足迹第一次踏上了这片崎岖、苍凉、神秘又充满魅力的土地。千古谜团的谜底正被我们缓缓揭开，月球车载着这满车的月色，向家乡故土送来最真实的答案。

中国探月工程再次打破了"不可能",下一次,将会是更艰巨、更令人热血沸腾的挑战!

# 坠落的火箭

怎堪回首说断箭，泪满面，肝肠断。风雨寒暑十三年，一夕霜过，江东父老，愧疚无颜见。枕戈饮胆九百天，万般磨砺难尽言。今夜可敢片刻闲？硝烟才散，举眸广寒，何日月又圆？

——李东《青玉案·复飞》

向远在故乡的家人报过平安，李东便转身走进沉寂的夜色之中。经过连续多天任务的考验，从发射场独自一人回到宿舍的李东，身体早已到达极限。然而此时的他静静地躺在床上，思绪万千，辗转难眠。李东起身来到窗前，望着无尽的夜空，胸膛中雀跃的感觉依旧清晰，那股激昂的热血仍在翻腾。

就在刚刚，长征5号的身影为这片无尽的黑暗点亮了最绚丽的光彩。

这首《青玉案·复飞》便是长征5号运载火箭总设计师李东夜不能寐之时，写下的动人词句。只有探月航天人知道，这每一个文字背后，蕴藏的都是那段刻骨铭心、含泪奔跑的九百零八个日夜。

中国探月工程"绕、落、回"三部曲已经圆满完成了前两项，现在还剩最后一项，取样返回。按照计划，被赋予历史使命的"嫦娥5号"即将登上月球为我们带回期盼已久的月壤样品。而承担着将"嫦娥5号"探测器送入月球轨道任务的，就是万众瞩目的大将——被称为"胖五"的长征5号运载火箭。

二〇一七年七月二日，人们聚集在海南文昌的海滩上，怀着激动的心情共同期待着夜幕的降临。远处是长征5号遥二[①]运载火箭的发射试验场，有了先前的成功经历，人们对这一次的试验充满

---

① 遥二："二"指的就是二号箭，生产的第二发，是一个序号。"遥"指的是这个火箭的控制系统采用的是遥感控制。

信心。

总设计师李东早早来到了这里,经过堪称完美的前期准备工作,这场战役的胜利志在必得。

"准备点火!"

"三,二,一——火箭点火!"

在人群欢呼声的护送下,长征5号遥二火箭飞向夜空,冲出大气层直奔九霄。

"火箭已安全飞出大气层!"

李东露出了笑容,紧握的右拳表达了他此刻愉悦的心情。飞出大气层就代表已经度过了最危险的时期,接下来的工作只要按部就班就不会出错。

人们似乎已经习惯了这样的成功,就在大家准备宣告成功之时,一个残酷的声音将大家瞬间拉入谷底。

"报告!飞行曲线发生偏离!"

"立刻排查原因!"

李东猛然起身,紧紧盯着监测画面。眼前的火箭逐渐失去"气息"。

"报告!发动机即将停止运作!"

"继续排查!"李东紧张地大声喊道,眼睛依然紧紧锁定着画面中的遥二火箭，不甘心放过任何一个细节。然而，发动机最终还是在大家眼前停止了运转，长征5号遥二火箭发射任务宣告失败。

一瞬间，李东的大脑中一片空白，耳边嗡嗡作响。那是近二十年的心血，是多少个日日夜夜，多少航天人的付出与尊严！这一切就在刹那间熄灭、破碎，随着遥二火箭的残骸一同坠入了太平洋的海底。

"连夜判读的遥测数据显示，是其中一台氢氧发动机骤然停止工作……"

李东不知道是如何度过那天夜晚的，只记得辗转反侧，迷惘与愧疚压得他喘不过气。控制室内的画面不停地在脑海中重演：李东眼睁睁看着"胖五"失去动力，而自己却无能为力！那种无力感就像是无底的旋涡，疯狂地将人拽向无尽的深渊。

第二天的航天城办公楼被低沉与失落所侵占，每个人都低着头，眉头紧皱，所有人的心都被困在了昨日那片漆黑无尽的夜中。

彻夜未眠的李东走进了航天城的大楼，看到眼前这番景象，不由得感到震惊，随后瞬间清醒。

李东冲进办公室,把所有关于昨天发射的数据单都抱了出来。"现在还不是言败的时候,我们不能这样消沉!"

"可是从实验数据里根本找不出问题……"有人小声说道。

办公大厅瞬间安静,大家的心都提到了嗓子眼儿。

"那就用最笨的办法,一个一个排查!今天每个小组都提交新的排查方案!"李东打破了这突如其来的寂静,坚决地说道,"国家把长征5号交给我们,我们就要负责到底,这是我们的责任,我们的使命!我们的尊严要靠自己去挽回!"

在李东的鼓舞下,大家再次振作起来,立刻开始了行动。经过多天的研究,团队制定了多达五十四种排查方案。然而在实操过程中,问题却像跟大家玩起了捉迷藏。

李东知道,航天事业就是这样终日与风险和困难相伴。如果没有战胜困难的决心,就不能被称为航天人。

"一个项目一个项目测试,一个部件一个部件排查!"

李东带领着所有充满信念的探月航天人展开了一段被称为"至暗时刻"的日子:试验、分析、推翻……再设计、再改进、再生产……最艰难的时刻,每天都要奋战到午夜之后。然而很多次,李东和工程师们都拼尽了全力,可还是解决不了实际遇到的问题。

明明已经触碰到了真相,可它却又顽皮地蒙上一层新纱,让寻找它的人再次迷失前进的方向。那种无力感再次席卷而来,火箭坠落的画面再次闯入李东的脑海中。

"探月、探火星、空间站任务都在等着我们,即使再困难,我们也要完成任务!"

经过二百八十八天如此这般的循环往复,李东和同事们终于在黑暗中找到了方向。

这天,李东和工程师们像往常一样早早来到了岗位上。

"报告!故障再现!"实验员洪亮的声音让大家热血沸腾。

"锁定故障部件!"

"已查明故障原因！"

在一片欢呼声中，李东终于长舒一口气："太好了，太好了，终于被我们找到了！"

"试验结果显示，故障原因为：芯一级液氢液氧发动机一分机涡轮排气装置在复杂热力环境下，局部结构发生异常，发动机推力瞬间大幅下降，致使发射任务失利。"

通过这次试验，长征5号的故障原因被彻底查明，在李东和所有工程师的努力下，"胖五"离再次飞上天空又近了一步。

# "胖五"飞天

前期任务通过，总装是火箭诞生前的最后一道关卡。此时，"铸箭人"崔蕴正站在总装车间的门口，迎接"胖五"的到来。

崔蕴是火箭总装特级技师，总装过的火箭超过七十枚，是我国唯一一位参与了所有现役捆绑型运载火箭研制全过程的国家级技能大师，被誉为"中国新一代运载火箭总装第一人"。

作为本次总装任务的总把关人，崔蕴亲手把"胖五"接进车间，带领总装团队立刻投入到工作当中。然而，新的问题还是出现了。

长征5号的身体过于庞大，再加上其罕见地启用了二百四十多项全新技术，以现有的经验和技术根本无法完成如此高风险的总装。

二十多吨的重量，十几万个零部件，品种繁多，装配要求不一，最薄的安装部位甚至只有两毫米！任何一个微小的失误都可能使这次火箭发射前功尽弃。没有前人的案例可供借鉴，没有明确的方向可前进，大家一筹莫展。再这样下去，势必会赶不上原定的火箭出厂时间节点。

崔蕴深知这次长征5号任务的曲折不易，好不容易攻克了发动机的难关，难道要折在总装这出厂前的最后一步上？当然不行！

他说："我们航天火箭总装人有一句别人没有的行话，叫'后墙不倒'。什么是'后墙'？就是火箭出厂的时间节点必须守住。"

崔蕴毫不畏惧，立刻开始了新一轮的方案设计。

看着火箭高大的桶形贮箱，崔蕴突然兴奋地睁大双眼，迅速找来铅笔和图纸在桌前画了起来。一个大胆的想法正在崔蕴心中酝酿。

"我们可以让贮箱旋转！"崔蕴拿着刚刚绘制好的图纸，激动地向所有成员说着自己的想法。

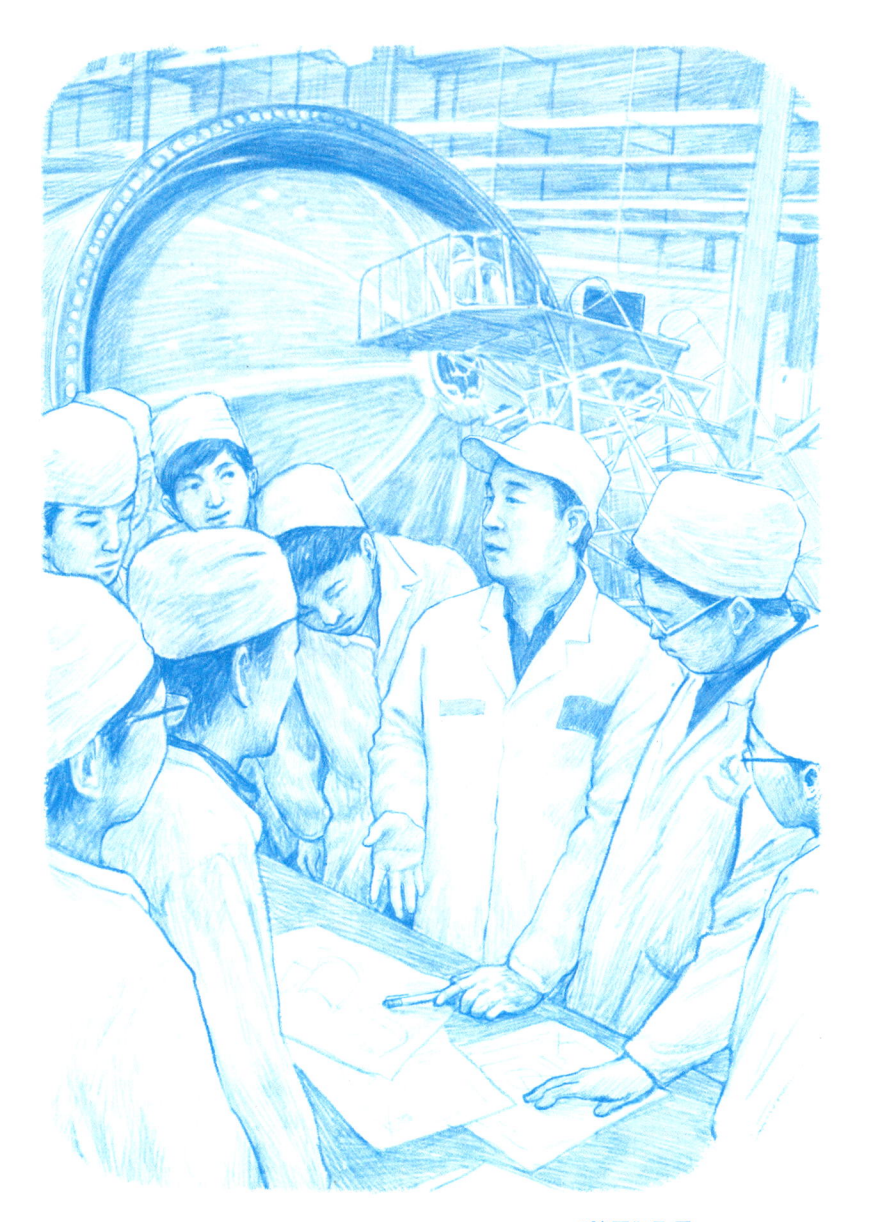

"胖五"飞天

"既然高度超出装配可操作范围，那我们就让它自己转到我们面前！只要整个贮箱转动起来，任何位置都是我们可控的操作范围！"

"只要时机准确，还可以在多个位置同时进行装配！"

"没错！这实在是太妙了！"

"一项前所未有的创新！"

大家不禁拍手叫好，恨不得立刻尝试！大家都说："崔蕴就是为火箭而生的，没有他解决不了的问题！"

虽说方案可行，但还是没有现成的装备可以让庞大的长征5号旋转起来。

不过，这可没有难住崔蕴和他的同伴们，既然没有现成的，那就自己造一个！经过数百次试验和再造，在崔蕴的带领下，属于长征5号任务独创的"旋转式装配方法"就此诞生。创新取得了突破性的成功，火箭总装效率比以往提高了近三倍！崔蕴迅速带领大家完成了本次长征5号运载火箭的全部总装任务。

交接时，年近六旬的崔蕴再次来到车间门口

为长征5号送行。看着不久前被自己亲手接进来的"胖五"，此时已经准备远征，崔蕴眼含热泪，就像一位慈爱的父亲送走自己远行的孩子一般。

心脏在胸口兴奋地跳动着，崔蕴露出了熟悉的笑容，那种特殊的、令人振奋激动的心跳，就像几十年前自己刚踏入这个车间时一样，从未改变。崔蕴总是反复坚定地说着一句话："魂牵梦绕，醒着睡着，脑子里都是火箭。"

一切都在有条不紊地进行着，大家对本次火箭发射充满了信心。

然而，就在一切进展顺利时，大家最不愿看到的情况还是发生了。

二〇一九年四月四日深夜，一阵电话铃声惊醒了正在养精蓄锐的航天人。电话中一个颤抖的声音说道："发动机试验参数发现异常……"

航天人紧急对发动机进行拆解，查看详细情况。拆开后，大家不禁倒吸一口冷气，眼前发动机的要害部位出现了裂痕，如果真的投入使用，将会造成不可挽回的后果。必须立即召回火箭上的发动机！

这一次，航天人选择了拓宽视野，向更多未知领域展开探索。在国家的支持下，他们紧急召集了全国各优势力量展开联合攻关。在其他领域专家的帮助下，一个名为"转子动力学"的学科吸引了大家的目光，航天人们立刻锁定方向，转变思维，继续深入，通过不懈的努力，终于制定出了加强发动机可靠性的优化方案。这个方案融合了多学科领域的先进思想，突破了原有技术的认知边界，既保住了原有方案中的精髓，又实现了进一步的优化升级。

所有人拧成一股绳，仅仅用了一个多月的时间就完成了发动机的优化改造。

在众人注目下，长征5号液氢液氧发动机终于通过了最终的验收评审！

此时，"胖五"已经通过了复飞前的所有考验，等待它的下一步，就是正式的出征。

二〇一九年十二月二十七日，令人激动的第九百零八个夜晚即将到来。

总设计师李东踏入了测发大厅，李东在台前驻足，他抬起头，认真地环视着这处见证了无数意外与奇迹的"战场",努力抑制住此刻忐忑又兴奋的心情,缓缓落座。

夜幕降临,发射基地外的海滩上再次挤满了为"胖五"送行的人,大家高高举起手机,挥舞着手中的国旗,为这次飞天加油助威。

"最后十秒!"

李东攥紧了双拳,这一刻他等了太久。

抛下杂念,全神贯注,此刻充满航天人心中的,唯有沉淀下来的自信与渴望。

"三、二、一!火箭点火!"

火焰喷射而出,照亮了无尽的夜空,点燃了每个航天人的心。

接下来的两千多秒仿佛进入真空,没有丝毫杂质,没有片刻恍惚,所有航天人的心都凝聚在长征5号身上,看着火箭一次次分离,一次次燃烧着自己将卫星推向更远的深空。

"星箭分离完成!"

"长征5号运载火箭发射圆满成功!"

欢呼声与掌声直冲云霄,九百零八个煎熬的日子,多少次临近崩溃的边缘,多少次又咬牙回到旋涡的中心，这些苦痛只有默默承受的航天人自己知道。而此刻，经过九百零八个漫长的黑夜，终于迎来了胜利的光芒！曾经的曲折、磨难与痛苦都为此时的泪水增加了更为滚烫的温度，为此刻的喜悦绘制了更加浓郁的色彩。

从二〇一七年七月二日至二〇一九年十二月二十七日，九百零八天的奔赴，他们不是没有眼泪，而是即使含着热泪，也仍在拼命奔跑。

这一刻，是热爱，是责任，是使命。这是一场属于祖国、属于中国航天事业、属于所有航天人的不朽胜利。

火焰熄灭，硝烟散去，眼前仍是那片神秘的夜空。夜空中央，美丽的月亮在向我们招手。

月球，那里才是我们的目的地。

# 探索月球宝藏

"最后检查程序。"

"注意时间精准！"

"夜间光学图像捕捉一定要到位……"

二〇二〇年十一月二十四日凌晨四时，早在十三小时前，航天工作人员们就已经聚集在指挥大厅。

考虑到太阳、月亮、地球的相对位置以及气象问题等条件，经过周密计算，本次"嫦娥5号"发射任务将时间选定在凌晨四点三十分进行。

"倒计时十秒！"

所有人屏气凝神，静静等待。

五秒！

"三、二、一！点火！"

北京时间凌晨四点三十分,"嫦娥5号"探测器发射升空!指挥大厅里顿时响起了令人振奋的掌声。现场播放着四个不同视角的视窗图像,全国人民一同见证了这最壮观的腾空时刻。

很快,火箭发射来到了第二个关卡。

"各部门注意,准备分离操作!"

179秒,助推器分离!

只见火箭底部四枚助推器干净利落地脱离箭身,火箭向更高的高空挺进!

303.6秒,整流罩分离!

此时我们的"嫦娥"已然进入了太空,真正进入了真空当中。

483.4秒,一、二级分离!分离动作非常干脆,整个过程干净漂亮!

飞行的第608秒,火箭上出现了一缕亮光。光芒渐渐洒在火箭的身体上,就像是怕它着凉,为它披上了一件温暖的金色外套。此时已经临近凌晨五点,火箭的飞行轨迹正巧与日出相遇,火箭变得更加耀眼夺目。此时所有人的注意力都被火箭吸引着,它更加勇往直前,点亮它的不只是太阳,更是所有航天人的注视，以及家乡亲人们关切的目光。

1680秒，二级二次点火！

下一秒，摄影机传回的画面令所有人惊叹。

那是周身蔚蓝色的美丽星球，是我们的地球母亲。此时的火箭正向着宇宙深处飞去，一点儿一点儿驶离家的方向。地球牵动着银白色的大气，绽放着自身温柔的蔚蓝。阳光洒在地球母亲温柔的面庞上，她缓缓转动，仿佛在对离家的孩子挥手道别。

"各方注意，调整姿态，准备器箭分离！"

器箭分离是发射过程中最后一道"分离"关卡，这时月球探测器与火箭彻底分离，美丽的"嫦娥5号"探测器向世界展露出了自己的容貌。

指挥大厅再次爆发出激动的掌声。在大家的注视下，"嫦娥5号"慢慢伸展开自己精致的羽翼，向大家展现婀娜的身姿。探测器的轨道器、着陆器太阳翼依次展开，这下探测器就可以通过吸收太阳能获得能量，为接下来的旅程提供保障。

此时已临近凌晨五点四十五分，"嫦娥5号"已然飞行了约4545秒。

"现在，我宣布，'嫦娥5号'发射任务取得圆满成功！""嫦娥5号"发射任务的发射场区指挥部指挥长张学宇庄严地走上指挥台，语气坚定地说道。

顿时，大厅内爆发出雷鸣般的掌声与呐喊声。航天人激动地跳起来热情相拥，不停挥舞着手中的小红旗。许多人都热泪盈眶。

那一夜，一箭腾空，光耀四方，天地为之久低昂！"嫦娥5号"不但令祖国骄傲，也必定震惊四方！

测发大厅内，航天人紧紧相拥，彼此传递着埋藏在心底的力量，诉说着最诚挚的鼓励与祝福。

此时，一个干练的身影站了起来，穿过人群走向门外。张玉花，"嫦娥5号"探测器任务副总指挥，也是在场的唯一一位女性总指挥。张玉花站在美丽的夜空下，终于长舒了一口气。她温柔地微笑着，轻轻仰起头，注视着夜幕中最夺目的光彩，那是月亮，上面有所有人心驰神往的宝藏。

汽车的鸣笛声响起，张玉花来不及与室内庆祝的人们道别，便急忙上了车。车窗外的景色快速倒退，距离到达车站还有些时间，张玉花这才微微放松地闭上眼睛。回想起过去发生的一切，是那样不可思议！

张玉花与月亮的缘分还要从更早说起。张玉花出生的那天恰逢中秋节，所以她从小的名字叫"秋月"，长大之后才改名为玉花。

窗外的明月是如此令人向往，张玉花不禁想到，每年中秋自己都会抬头望向那一轮圆月，默默许下美好的生日愿望。不知从何时起，萦绕她心头的便是嫦娥奔月的浪漫。长大后的张玉花从事了载人航天研究工作，又因奇妙的缘分，一纸调令，让张玉花转向了神秘而极具魅力的探月工程。

至今，张玉花作为副总指挥已经参与了多次"嫦娥"探月任务，亲手将"玉兔一号""玉兔二号"送上了遥远的月球。现如今，每逢中秋时节，再次仰望明月许下愿望时，张玉花多了一份牵挂，她总笑着说："毕竟上面有我的两个'孩子'——'玉兔一号'和'玉兔二号'。我们希望它们美丽又勇敢，一直走下去。"

一切是那么令人惊喜，没想到这段"秋月"奇缘，竟然真的让"嫦娥奔月"成为现实。张玉花收回视线，双手紧紧地交握在一起，内心自信而坚定：等着我吧，月亮上的孩子们！

接下来要揭开大幕的主角，就是万众瞩目的"嫦娥5号"。

北京航天飞行控制中心，这里是继美国休斯敦飞行控制中心、俄罗斯莫斯科飞行控制中心之后世界第三个现代化飞行控制中心，在航天系统中，代号"北京"。现在，全国多个站点都在同时监测着探测器的一呼一吸，所有力量都向此汇聚，接下来的二十多天，"北京"将作为"司令部"，承担起"嫦娥5号"的总指挥任务。

此时的张玉花已经抵达北京，来不及休息就急忙奔向目的地。即使是深夜，此刻的北京航天飞行控制中心内部依然灯火通明，大家忙碌而有序地工作着。张玉花踏入大门，她知道，"嫦娥5号"的征途到了关键一步。

"各部门注意排查一切因素！一定要确保着陆状态稳定、位置准确！"

此时，"嫦娥5号"探测系统副总设计师彭兢正在紧锣密鼓地部署着工作，他即将带领大家迎接第一道考验。

虽然月面软着陆在先前两次任务中都实现了，但这次又是不一样的突破。

"报告实时监测数据！"

"收到！正在进行测算！"

根据实时数据反馈，彭兢规划着接下来的步骤，汗水顺着发梢滑落，浸湿了整件工作服，但彭兢依然全神贯注。与以往的软着陆不同，这次着陆的位置、状态、姿态都将直接影响后续月壤取样的所有步骤。

彭兢心里清楚，探测器的四条着陆腿要精准伸展，但凡有一条碰上岩石或坑面，就可能会导致探测器侧翻，这将会对后续任务产生不可逆转的影响……

"各号注意！我是北京！"

"实施动力下降！"

彭兢紧紧盯着屏幕，一条条高度曲线在迅速变化着，这些线条编织成的画面彭兢早已烂熟于心，这些数据早已在脑海中演算过无数遍，而此时此刻，彭兢仍然全神贯注，仔细将眼前的数据与脑海中的理论结果对比着。

"高度已经出来了，跟理论是一致的……"

高度不断下降，成败在此一举。

"月面着陆成功！"

看着平稳、精准降落月面的"嫦娥5号"，彭兢长舒一口气，终于腾出精力抬起手臂将额头的汗珠抹去。

这只是一个小小的开端。

"来了！来了！终于来了！"

张玉花激动地站在监视器前，眼前屏幕中的画面逐渐清晰，这是"嫦娥5号"传回地面的实时影像，显示的是此刻最真实的月面样貌。

"跟想象中不太一样……"

"看上去没有预想中的粉尘。"

大家来不及庆祝方才的胜利，立即对反馈画面展开研究与讨论，所有人迅速投入到接下来的工作中。

"报告，着陆点附近发现石块！"

"可以确定岩石性质吗？是浮石还是坚硬的岩石？"

"报告,无法准确判断……"

"不理想的事情还是发生了。"

邓湘金是本次"嫦娥5号"探测器系统采样封装分系统的主任设计师,眼下的情况,需要他迅速做出准确的判断。

邓湘金轻轻闭上眼睛,大脑迅速运转。由于发射窗口期和探测器携带燃料的限制,留给月面采样的时间最多只有十九个小时,时间非常紧张。在这样紧张的情况下还要应对各种突发状况,此时的一个判断,将会影响接下来的每一个环节,甚至关乎整个任务的成败。

# 珍贵的月壤

邓湘金长呼一口气,睁开眼睛,坚定地说道:"开始钻取!"

没有时间犹豫了,无论是怎样的岩石状态,都必须试一试!

"各号注意!根据飞控现场决策,钻取采样开始实施!"

在邓湘金的指挥下,钻头扎扎实实地扎在月球表面,一点点向下深入。邓湘金目不转睛地盯着实时画面,转眼间就过去了十二个小时,此时钻头已经顺利深入到了月表下一米的深度。

邓湘金不敢有丝毫放松,这才是预计深度的一半!必须钻到两米深才可以取到年轻的月壤样品。

希望一切顺利！

然而，与航天任务始终相伴的就是风险与不确定性。此时，一个声音将所有人推向新一轮的旋涡。

"报告！钻头无法继续深入！"

"开始回转切削！"

"……报告！回转切削无效！"

"什么？"

邓湘金和彭兢瞪大了双眼，随后双双陷入了沉默。

钻头无法深入，就是碰到了更加坚硬的岩石，一般情况下令钻头进行回转切削就可以去除障碍，但是这次并没有解决问题。

"请问指挥员，是否启用冲击电机？"

"等等，再等等……"

由于月球表面的重力是地球的六分之一，普通的电机装置无法对在月球表面工作的钻头施以有效的推动力，针对这样特殊的重力环境，科学家们研发了适用于月表的冲击电机，当钻头遇到大块岩石无法深入时就启动冲击电机施加压力继续向下。

能否顺利完成采集两公斤月壤的任务，就看此时的决定了。邓湘金强迫自己冷静下来，仔细查看钻头深入月表的画面数据，心里不断重复着那条准则：冲击电机是本次钻取任务的最后手段，不到万不得已坚决不能启用。冲击电机虽说动力强劲，但与之相伴的是不可小视的振动，如果产生过大幅度的振动，会导致原本已经收集好的月壤样品从收纳囊中抖出，这样之前的一切工作将全部付诸东流。

怎么办？这是重大利弊之间的权衡，时间在一分一秒地流逝，留给钻取的时间已经越来越少了。而此时此刻，控制大厅的所有人都在等待着邓湘金的最终决策。经过深思熟虑，邓湘金终于给出指令。

"启动冲击电机。"

"收到！启动冲击电机！"

战友彭兢立刻会意，展开针对冲击电机的指挥工作。

"加长冲击时间！继续冲击！"

"进了一毫米！"

"再试一次！"

终于，经过反复尝试与不懈的努力，"嫦娥5号"探测器终于获取了比较令人满意的月壤样品，现场决策团队也宣布了决议："结束钻取！本次月面钻取任务圆满完成！"

彭兢长舒一口气，心里的大石头总算是放了下来。现场的决策非常有效，不仅高质量完成了钻取任务，还给接下来的任务省下了更多时间，实在是一次出色的表现！

邓湘金也为之感到兴奋，然而，这还不是最终的胜利，接下来的月表取样仍需再接再厉！

"报告！数据一切正常！"

"开始月表取样！"

此时，距离"嫦娥5号"探测器点火起飞的窗口时间还有六个小时。邓湘金详细查看了此时的月面信息，要感谢之前的钻取任务，现在留给月表取样的时间比较充裕。

"机械臂准备！"

"伸展机械臂！"

"挖取！"

"挖土"在地球表面似乎是再容易不过的动作

了，任何一个在街边玩耍的孩子都能轻松完成。然而，同样的事情放在重力只有地球六分之一的月球表面就是完全不同的情况了。

"机械臂铲取月壤。"

"机械臂抬升！"

此时的邓湘金眼睛紧紧盯着屏幕，拇指关节点在下巴上暗暗用力，似乎想将手上的力道传送到三十八万公里之外的月球。月球引力很小，物体无法像在地球上那样运动，这样一来，即使取得了月壤样品，在没有外力帮助的情况下样品也很可能会在倾倒回收时因摩擦力等原因中途停止。

但是这些难题，科学家们早就设想到了。

在邓湘金的指挥下，月球上的机械臂通过伸缩铲适度的抖动，使得挖取的月壤样品更好地运动，从而被顺利回收。

一切进行得非常顺利，但是仍然不能掉以轻心。

"进行机械臂健康状态检查。"

"注意，对伸展位置进行同步精准调整。"

邓湘金与彭兢指挥着地面工程师们对正在月球

工作的机械臂进行着实时监测，哪怕是一丁点儿的异常也绝对逃不过航天人的眼睛！

"各号注意，即将进行放罐步骤！"

大厅内瞬时鸦雀无声，播报员的声音显得格外洪亮。所有人屏气凝神，全神贯注。

放罐，是整个月面采样工作的最后一道程序，本次取样任务的最后一道关卡。邓湘金深深吸了一口气，准备迎接这最后的挑战。

"机械臂升至高点！"

只有高精度操作，才能顺利将装满样品的采集罐精准平稳地放入封装器内，必须将误差降到最小！

"放罐精调到位！"

"实施放罐！"

时间仿佛静止，大家紧紧盯着屏幕上的画面，机械臂一令一动，每一个动作都牵扯着地面上人们的心弦，与大家的每一声心跳同步。在大家的注视下，机械臂缓缓张开，采集罐一点点下落，最终精准地落入封装器内。

"各号注意！'嫦娥5号'探测器月面采样工作

顺利结束！"

大厅中爆发出雷鸣般的掌声，所有人都发出了来自心底的欢呼。

邓湘金终于露出了笑容，此刻的他放松了紧绷的神经，来到欢呼的人群之中，与并肩作战的战友们尽情地拥抱、欢呼。彭兢也不断鼓掌，眼角带着浓郁的笑意，嘴里不停念着："好……好！"

伴着胜利的号角，"嫦娥5号"又顺利完成了世界首次地外无人交会对接。

远奔月球的游子啊，快回到你的家乡，回到期盼着你的家人身边吧！

"待到四子王旗会，工程大计好收官。""嫦娥5号"返回器在大家无尽的思念与期盼下顺利回到祖国的怀抱。中国探月工程"绕、落、回"三部曲，就此正式落下帷幕。

# 探月之旅的未来

二〇二一年的冬季，中国国家博物馆里，一个"水晶樽"出现在人群中央，仔细一瞧，一位小小的、神秘的"天外来客"正默默立于其中，向来往的怀揣着迫切渴望的人们，轻声诉说着来自宇宙洪荒的密语。

不久之前，"嫦娥5号"任务顺利完成，"嫦娥"也终于从天际之外，为祖国带回了来自月球的礼物。本次"嫦娥5号"月球探测任务共取回月球土壤样品净重一千七百三十一克，这标志着中国探月工程"绕、落、回"三部曲的完结。

而此时，在国家博物馆"水晶樽"内静卧的主角，正是"嫦娥5号"从月球采集回来的一百克月壤样品。

二〇〇四年至二〇二〇年，中国探月工程历经十六年，完成了"绕、落、回"三步走任务。十六年光阴流转，几代航天人薪火相传，不辞辛苦，为的始终是那共同的心愿，是中国航天面向未知的洪荒宇宙勇往直前、永不言弃的荣耀征途。

"中国航天人是一支始终拥有着无穷力量的队伍，"中国探月工程首任首席科学家欧阳自远常常说道，"所以我一直很爱这支队伍，因为它就是始终坚定、竭尽全力、要越来越好地完成未来的任务。"

回忆起十多年前，中国探月工程起初面对的仿佛是一座荒凉又陡峭的山崖。是栾恩杰、欧阳自远、孙家栋等一批前辈在不断试错、摸索中，一步一步在险峻的崖壁上凿出了一条攀登之路，又亲自在寸草不生的岩石缝中播种下名为"希望"的种子，终日用热爱与坚守灌溉，这才培育出属于中国探月航天的广袤田野。

二〇〇四年二月二十五日，经过多年的论证考察，历经几番周折，中国绕月探测工程终于宣布启动,正式进入实施阶段。中国绕月探测工程也从此正式被命名为"嫦娥工程"。至此,在栾恩杰、欧阳自远、孙家栋三位科学家的带领与坚守下,中国探月工程终于迈出了这历史性的第一步,由中国自主研发、生产的"嫦娥1号"月球探测器,顺利发射至太空被月球轨道捕获。那是令所有中国探月航天人刻骨铭心的时刻,中国的"嫦娥""绕起来了",滚烫的热泪在眼眶里打转,大家眼中除了成功的喜悦,更多的是对未来的期待。

时代迅速发展,更多的中国探月航天人加入了"嫦娥"的队伍,新老交接,精神传承,中国探月航天的队伍更加活跃。不变的信念,永恒的誓言,中国航天奋勇向前,不断探索月球的奥秘。

在前辈的引领与年轻血液的推动下,我国于二〇一三年十二月发射了"嫦娥3号"探测器,并成功实现了"落月"。月面软着陆技术的突破,代表着我们国家在航天器落月方面走到了世界前列。月球表面留下了我国月球车清晰的车辙印迹,那是"玉兔"的足迹,是我们"中国智造"在月球上留下的首个印迹。

二〇二〇年"嫦娥5号"再创辉煌,在遥远的深空取得月壤样品,并在世界的瞩目下完成了人类首次"月球轨道无人对接交会",出色地为中国探月工程"绕、落、回"三部曲画上了圆满的句号。

曾经,我国科学家们,用美国赠送的一克月球岩石样品取得了多项研究成果,连美国人也感到惊讶。如今,我国自主研制的"嫦娥5号"从月球带回一千多克的月球样品!

从零到一,再从一到一千,十七年的努力,中国探月航天用最短的时间跨越了最长的道路,飞身来到世界航天领域的前列。

"嫦娥5号"探月任务的成功,标志着中国航天向前迈出的一大步,是攻坚克难取得的又一重大成就。"嫦娥5号"相关研究成果所产生的价值,也将为深化人类对月球成因和太阳系演化历史的科学认知做出贡献。

世界的聚光灯投向了中国美丽的"嫦娥",已经完成首轮"三步走"演出的她,会沉浸在过去的辉煌之中,就此完美谢幕退出大众的视野吗?

当然不会,"嫦娥"会一直向前,向着更大的舞台，永无止境地探索那片无尽的夜空。

"嫦娥5号"的成功无疑惊艳了世界，她的平安返回，是一次令人惊叹的落幕，更是一次漂亮的开场。大家不禁期待着，接下来，在名为宇宙的舞台，中国航天又将为世人带来怎样的惊喜？

新的征途已经开始，不负众望，中国探月四期工程已经正式启动。在未来的五年至十年内，我国将陆续完成更具突破性、更具挑战性的新任务，"嫦娥"6号、7号、8号也正式进入研发阶段。

这一次，充满探索精神的中国航天人将目光锁定在了月球神秘的"无人区"——月球南极。

全国政协委员、中国探月工程总设计师吴伟仁在谈及"嫦娥"系列全新任务的规划时曾经说道："为什么选在月球南极，要在这里建科研站？主要是因为月球南极与我们地球的南极和北极一样，存在极昼和极夜的现象。"

由于月球南极存在着极昼、极夜现象，科学家们认为这将会为探测器提供更多在月球的工作时间，为发掘新型资源带来更多可能性，因此中国探月航天人不畏挑战，毫不犹豫地选择了月球南极。

既然如此，还有什么困难需要考虑呢？

吴伟仁告诉大家："这次的工程要面临的与以往任何一次任务都不同，面对月球南极，对比以往任务的着陆点选择来说，现在可能我们只有它的十分之一的着陆点可选择，因此，这个降落的难度比较大。"

月球南极没有所谓的平原，到处都是崎岖的月坑。这就要求我们必须拥有更高、更准确的操控精度。一切都更加复杂，更加不可预测。

集合了中国探月三期工程五位"嫦娥"的经验，即将为中国探月四期工程打头阵的"嫦娥6号"探测器，计划首次在月球南极实现月面着陆，并进行样品采集，实现"极地月壤采样返回"。在这之后，接力选手"嫦娥7号"则计划在此基础上对月球南极的资源状况、环境气候、地形地貌进行更进一步的勘察，并实现"现场"分析研究。

虽说有了"嫦娥5号"这位前辈那次惊艳世界、堪称完美的采样经验，但本次的极地采样面临更大的挑战。月球南极的极昼、极夜现象，对探测器的耐热、耐寒能力也是一大挑战。

难度大，但价值更大，这对月球的长期任务来说是至关重要的，科学家们只有对月球的可开发资源有了更深入的了解，才能在今后的任务中合理规划并有效利用资源。月球南极存在约十公里深的坑，中国航天人的目标就是在其中找到"冰和水"，南极的月坑是月球形成时产生的，里面可能有水，这个地方常年不见阳光，里面的水可能以水冰的形式存在。如果能够找到水，将来在月球南极建造的科研站就可以长时间运行，将会给人类认识月球、开发月球带来巨大的突破。

在中国探月四期工程计划中，还有一项令人瞩目的任务，那就是建立月球南极科研站基本型。通过"嫦娥"6号、7号的任务，科学家们将对月球南极环境情况有更深层的认知，在6号、7号的协助下，"嫦娥8号"将完成科研站基本型的建立，这将会对月球科研工作的长期进行有重大帮助，同时也为接下来的"载人登月""人类月球短期考察"设想提供可能性。

中国人的揽月之梦古已有之，现在已经变为了现实！

中国探月航天人永不言弃，挺身向前，坚实地踏下每一个脚印，将坚硬的岩石变为无垠的沃土。在"追逐梦想、勇于探索、协同攻坚、合作共赢"的探月精神召唤下，一批批满腔热血的有志青年，将自己的青春与智慧贡献给中国探月航天的伟大事业。

现如今，更多的未知、更多的期待、更大的挑战就在眼前。对月球的研究、探索、开发也是全人类共同的任务。中国探月航天人不仅为祖国的探月航天事业无私奉献，同时也肩负着全人类探索深空的责任。在未来，中国探月航天人也会为人类和平利用太空，推动构建人类命运共同体，做出更多具有开拓性的贡献。

月球是不发光的，是梦想让它有了光。

一代代中国探月航天人薪火传承，用这永不熄灭的梦想的火种，点亮了黑暗中的无尽夜空，照亮了通向未来的浩瀚征途。

中国探月航天人对月球的好奇与探索永无止境，超越极限，拥抱辽阔，不惧未知，我们永远在路上，我们将写下一个又一个全新的、更加辉煌夺目的恢宏篇章！